Isimgħu Din...

Isimgħu Din... 2024

ISBN: 978-9918-0-0717-2
Stampat minn Pixartprinting

Daħla

Dr Eneas Muscat minn dejjem xtaq li joħroġ ktieb b'kollezzjoni ta' stejjer, poeżiji, u ħsibijiet. Peress li l-kitbiet tiegħu ġew merfugħa ddeċidejt li nieħu ċans fuqhom u jekk ikunu preżentabbli, nippubblikawhom.

Wara li għamilt kuntatt ma' pubblikatur, u dar sewwa l-materjal, ra li kien pjuttost tajjeb u kapaċi biex issir pubblikazzjoni minnu. Minħabba f'hekk tajtu l-permess biex nibdew dan il-proġett bejnietna.

Ninsab ċerta li minkejja li n-nannu m'għadux magħna, jinsab kuntent li l-memorja tiegħu se tibqa' tinżamm għal bosta u bosta snin.

Christienne Felice
25 ta' Novembru, 2023

Nota Editorjali

Kontenut fis-sezzjonijiet Stejjer u Poeżiji
li ma fihx dati fi tmiemu hu mifhum li
x-xogħol letterarju kien
għadu ma ngħalaqx mill-awtur.

Xorta ħassejna l-bżonn li nippubblikawh
għar-rispett tal-memorja tiegħu.

Malta tal-Imgħoddi

Ir-Raħal

Majsi u Trejżi kienu joqogħdu fir-raħal ta' Ħal Minsi, u veru kien ismu miegħu għax dan ir-raħal donnu għeb minn fuq wiċċ din l-art u ntesa fejn kien. Li niftakar li kien fin-naħa tan-nofs, jekk mhux in-naħa ta' fuq jew ta' isfel ta' Malta, u x'aktarx li l-baħar kien jintlaħaq b'mixja qasira, u fejnu kien hemm raħal ieħor żgħir jismu Ħal Baħħara. Għalkemm kien raħal żgħir kont tiltaqa' ma' xi erba' karattri ħelwin li ma tinsiehom qatt. Meta tistaqsihom kif issibhom jekk ikollok bżonn tkellimhom ma kinux jagħtuk xi indirizz iżda jgħidulek biex issaqsi għalihom b'isimhom u laqamhom. La kienu jużaw indirizzi u lanqas kunjomijiet. Kienet ħajja sempliċi ħafna li kienu jgħixu n-nies ta' dari.

Laqmijiet

Il-laqmijiet ma kinux xi ħaġa ta' tmaqdir jew ta' min jistmerrha, imma tista' tgħid li kważi kulħadd jiftaħar b'laqmu.

Kont issib laqmijiet li jintirtu, bħal Ta' Ġanni jew Ta' Ġanni l-Oħxon, jew Tal-Bajjad. Oħrajn jingħataw bħala ritratt tal-persuna bħal Ta' Bla Għonq (għax ikollu għonqu jidher qasir) jew Il-Ġiraffa għax għonqu twil; Geddumu jew Spagu (għax irqiq); kien hemm oħrajn daqsxejn strambi bħal Beżża' l-Mogħoż, jew Tat-Terratombra (trab ta' lewn kannella - terra d'ambra). Laqmijiet oħra kienu isem ta' xi annimal bħal Il-Pejxu, u ieħor Iż-Żiemel għax xi ħadd kellu snienu jidhru kbar.

Laqmijiet oħra kienu mogħtija għal xi mumenti minn ħajjiet bniedem, jew xi kurżitajiet oħra. Pereżempju, għadna kemm semmejna liż-żiemel.

Mela darba lil dan Spiru mlaqqam Iż-Żiemel xi rġiel minn tar-raħal rawh ħiereġ mill-bieb tal-ġenb tal-knisja, li jagħti għas-sagristija. Kien miexi b'pass mgħaġġel, qisu bit-trott, ħosbien iħares lejn l-art.

Sħabu li kienu fuq iz-zuntier qalu: 'Ara ġej Iż-Żiemel, x'inhu ħosbien.'

Warajh ħareġ raġel ieħor jgħaġġel u jgħajjat lil Spiru, li kien aljenat, u ma semgħux.

Dawn l-irġiel qalu: 'Ara hemm ieħor, miexi wara ż-Żiemel.'

Wieħed minnhom fettillu jsaqsi x'jiġi wara ż-żiemel? Ta' maġenbu malajr wieġbu li jiġi l-karozzin. U b'hekk dan it-tieni raġel, Pawlu tal-Mejxu, li ħareġ wara Spiru ż-Żiemel, ħa l-laqam ta' Pawlu l-Karozzin, ma' dak li ġa kellu, u hekk baqgħetlu.

Fatt ieħor dwar l-oriġini ta' xi laqmijiet, u kemm kienu maħsuba sewwa, huwa dan.

F'Ħal Minsi kien hemm żewġ nisa li t-tnejn kienu msemmija għal Sant'Anna: waħda jsejħulha Anni u l-oħra Anna. Sa hawn kollox sew. Issa laqmijiethom kienu simili għalkemm mhux l-istess. Waħda kienu jsejħulha Anni Waħda, u l-oħra Anna Tlieta. Le, ma kienx hemm oħra mlaqqma Tnejn - il-laqmijiet tagħhom inzertaw ġew hekk.

Anni kienet tħobb ħafna l-għana Malti, u kemm-il darba meta tkun ma' xi nisa oħra fil-pjazza kienu jitolbuha tgħannilhom xi għanja, u hi tkun pronta u tgħid: 'Ara ħa ngħanni waħda'. B'hekk qalgħuhielha Anni Waħda.

Anna Tlieta, min-naħa l-oħra ma kinetx taf tgħanni, iżda tgerger u tirrabja sewwa. Din fuq kollox kienet dejjem trid li tgħaddi tagħha, u jitilgħulha malajr. Iżda donnha ħajjitha kienet imqabbda man-numru tlieta. Kienet miżżewġa tliet darbiet. Kienet trid li jsir dak li tgħid hi, u biex żgur jiġri hekk, kienet twiddeb lil dak li jkun għal tliet darbiet. Mat-tielet darba, ħoll xagħrek u ġib iż-żejt, jekk ma jiġrix kif tgħid hi. Kienet twiddeb billi tgħid: 'Għandna waħda, għandna tnejn, għandna tlieta'... u dlonk hekk irid isir.

It-tielet raġel tagħha kienu fetħulu

għajnejh fuqha u fuq il-mod kif tirraġuna, imma kien qal li la tiżżewġu jkollha toqgħod għal dak li jgħid hu. Qabel ma żżewġu kienet kollha ħlewwa miegħu; wara li żżewġu, tista' tgħid l-għada stess taż-żwieġ, kien hemm fenek u waqt li kienet qiegħda tnaddaflu ħarbilha. Ma damitx ma qabditu u qaltlu: 'Għandna waħda ara terġa' taħrab,' u dan reġa' ħarab. Qabditu mill-ġdid u qaltlu għandna tnejn. Reġa' ħarab u ovvjament qabditu u qalet għandna tlieta... u bla kliem u bla sliem tatu daqqa fuq għonqu u sajritu.

Peppi r-raġel il-ġdid tagħha kien qiegħed jara kollox. Wara nofsinhar ħarġu passiġġata bil-ħmara tagħhom. Peppi riekeb fuq il-karrettun u Anna miexja u tiġbed il-ħmara. Ħin minnhom din il-ħmara bdiet tinħaq. Anna telgħulha u qalet lill-ħmara biex tieqaf mill-inħieq.

'Għandna waħda'.

Il-ħmara, li ma fehmet xejn, kompliet tinħaq kif taf hi.

Hawn Anna żbruffat bħal vulkan.

'Mhux ser tisma'? Għandna tnejn.'

Il-ħmara kompliet tinħaq.

Mat-tielet twiddiba Anna tatha daqqtejn bil-frosta kif tmiss il-liġi.

Kif kienet irrabjata daret fuq Peppi.

'Ejja Pepp, imxi int u jien noqgħod fuq il-karrettun.'

Peppi ma tħarrikx u meta rat hekk Anna bdiet il-kantaliena.

Peppi malajr basar x'jista' jkun hemm lest għalih mat-tlieta u niżel jiġri minn fuq il-karrettun. Minn dakinhar 'l hawn dejjem għamel dak li tgħidlu hi, li ma tmurx tirrabja u titlef il-boxxla.

Għax ma' Anna Tlieta mat-tielet taqlagħha żgur!

Wieħed ieħor kien imlaqqam Tal-Fanali, għax filgħaxija kien jdur ir-raħal jixgħel il-fanali tat-triq. Biss ieħor kien imlaqqam Il-Fanal. Le dan ma kienx jixgħel il-fanali imma għax kellu wiċċu żgħir u nuċċali li kien jidher kbir għal wiċċu.

Waħda mara kienet imlaqqma l-Lembut.

Din kienet mara mdaqqsa, wiċċha u spallejha żgħar, xagħarha twil nieżel dritt, u jinfetaħ fuq spallejha, imma mill-qadd 'l isfel kienet smina sewwa u goffa, u kienet tilbes dublett wiesgħa ħafna. B'hekk minn daqsxejn 'il bogħod kienet qisha lembut.

Insomma kont issib minn kull kwalità ta' laqmijiet, u kienet tkun ta' ħtieġa li jkollok laqam, għax, meta tqis kollox, bla laqam qisek ma int xejn.

Kif sa jsibuk?

It-Toroq

It-toroq kienu jkunu miksijin bit-torba u kollha trab mhux bil-qatran. Fit-toroq ma kontx tara ħafna karozzi, u kultant jgħaddi xi karrettun miġbud minn xi ħmar jew żiemel. Fit-triq, l-iktar wara nofsinhar, kont tara t-tfal jiġru u jilagħbu daqqa noli u daqqa ħarba; min xixu u min boċċi, jew żibeġ; ġieli passju u ġieli Bumm Bumm il-Bieb. In-nisa waqt ix-xogħol tagħhom fid-dar, speċjalment meta jaħslu l-ħwejjeġ fil-bitħa jew fuq il-bejt, kienu joqogħdu jgħannu, biex jgħaddu kummenti lil xulxin, kultant ta' tifħir u kultant ta' tmaqdir. U trid tarahom, jew aħjar ngħid, tismagħhom iwieġbu lil xulxin! L-irġiel kienu jgħannu wkoll fuq ix-xogħol, imma mhux daqstant biex jinbxu lil xulxin. Dak kienu jagħmluh l-aktar filgħaxija.

Il-Bejjiegħa

Filgħodu kien kultant jgħaddi xi raġel bil-karrettun ibiegħ xi ħaġa u jgħajjat x'għandu għall-bejgħ, għax kif jgħid il-Malti "L-għajta hi nofs il-bejgħ". Xi wħud kienu jgħajtu ix-xogħol tagħhom b'taqbila. L-istess bejjiegħ ħafna drabi ma kienx jgħaddi kuljum. Bosta minnhom kienu jiġu jbigħu darba fil-ġimgħa, oħrajn idumu anke aktar minn hekk; fil-jiem l-oħra kienu jmorru jbigħu x-xogħol tagħhom fi rħula oħra. Kważi kollha kienu jbigħu xi ħaġa waħda. Għalhekk min kien ibiegħ ħaġa u min oħra.

Wenzu kien ibigħ il-melħ u kien jgħajjat: 'Melħ, melħ oħxon min irid, ejja għandi, intik kemm trid'; Ċikku kien ibiegħ l-irkotta u dan kien jgħajjat: 'Għar-ravjul, għar-ravjul, irkotta min irid'; Gejtu kien ibigħ it-tadam u l-għajta tiegħu kienet: 'Tadum, tadum, aħmar min irid'; wieħed imlaqqam Pirru kien jiġi jbigħ sandlijiet fis-sajf u xi ftit żraben fix-xitwa. Kien iżommhom ġewwa kaxxa u kien jgħajjat: 'Kemm għandi sandlijiet doppji'; kien jgħaddi wkoll Żeppi bil-mogħoż ibigħ il-ħalib, li kien jaħliblek dak il-ħin waqt li jgħajjat: 'waħdaaliiib'; tal-pitrolju kien jiġi b'tank bil-pitrolju fuq karrettun u jgħajjat: 'Trolju, Trolju'... jew tal-inqas hekk kien jinstema' jgħid; tal-pastizzi jgħajjat: 'Sħan u tajbin'; Toni tal-qagħaq kien jgħajjat: 'Ħelwin, qagħaq ħelwin, għandi qagħaq tassew tajbin'; tal-ħut jgħajjat: 'Ara ħajjin,' imma l-ħut ovvjament kien ikun mejjet; ieħor li kien jiġi minn barra r-raħal xi darba kull ġimagħtejn, kien isinn is-skieken u l-imqassijiet, b'ħanġra liema bħala: 'Imqassijiet u skieken min isinn'.

Darba fil-ġimgħa kien jiġi Kola l-Landier. Dan kien jinxteħet bilqiegħda fuq banketta baxxa qrib xi kantuniera u jixgħel spiritiera biex isaħħan is-saldatur. Imbagħad kien hemm min jeħodlu xi stanjata jew xi barmil jew friskatur jew anke xi buqar għat-tiswija.

Il-bejjiegħa tal-kappar kienet ħafna drabi

tkun mara, b'qagħqa tal-injam imkebba ġo xi biċċa drapp. Din kienet tagħmilha fuq rasha u fuqha kienet tqiegħed barmil bil-kappar fis-salmura u tgħajjat: 'Min inbigħlu kejla kappar?' jew 'Żabbarija l-kappar.'

Xi minn daqqiet kien jiġi wieħed Tuneżin ibigħ il-Ħabbażież. Il-Ħabbażież kien speċi ta' għerq jew tuberu li kellu togħma tajba ħafna meta tieklu. Meta kien jgħajjat it-tfal erħielhom jitolbu lil ommhom biex jagħtuhom xi sitt ħabbiet jew sold biex jixtru mingħand it-"Tork". "Tork" ieħor kien kultant jgħaddi jbigħ il-paljijiet tal-ġummar.

Drabi oħra kien jgħaddi wieħed ibigħ il-fuħħar, l-aktar pagni (borom tal-fuħħar) u bombli. Dan kien jgħajjat: 'Bombli, bombli, pagni u fuħħar. Tajbin għall-ilma u anke għan-nar.' Il-bomblu, li kien qisu flixkun wiesa' tal-fuħħar, kien oġġett importanti. Bih fis-sajf kien ikollok l-ilma frisk jew kiesaħ. Dan kien jimtela bl-ilma u kien jitqiegħed f'post għall-frisk, bħal eżempju l-muxrafija (għax minnha tixref rasek 'il barra), allura kienet tissejjaħ ukoll muxrabija (għax fiha żżomm ix-xorb għall-frisk), imma kienu wkoll idendlu l-bomblu bl-ilma fil-bir, ftit 'il fuq mill-ilma. F'nofsinhar itellgħuh mill-bir u kulħadd jixrob ilma pjuttost kiesaħ, bit-tazza timtela bl-għaraq.

Matul il-jum ir-raħal kien ikun kwiet imma kien ikun hemm dik iċ-ċerta ħemda miksura mill-għana (biex ngħidulu hekk) jew kantaliena tal-għajjat tal-bejjiegħa, akkumpanjat mill-kor tan-nisa li jkunu joqogħdu jgħannu. Fis-sajf imbagħad kien ikun hemm mużika oħra magħhom, qisu orgni, jew aħjar il-għana taż-żarżur, jew werżieq ta' bi nhar.

Dan kollu mhux talli ma kienx idejqek, imma tħossu jpaxxik daqs l-aqwa biċċa mużika sabiħa jew sensazzjoni ta' pjaċir qisek qiegħed qrib il-ġenna tal-art.

Is-Snajja'

Bħala snajja' kont issib lill-mastrudaxxa li kien jaħdem xi banketti jew xi mejda, u anke "Gwarda karni" - din kienet bħall-armarju żgħir b'xi żewġ xkafef u miksija mhux bl-injam jew bil-ħġieġ imma bil-musulina jew xibka rqiqa tal-metall (gauze wire) biex ma jidħolx dubbien jew insetti oħra. Kienet titqiegħed f'post għall-frisk u kienu jpoġġu fiha xi laħmijiet jew zalzett u salami. Barra serrieq u l-martell, kellu bosta għodod oħra, bħal-lexxuna, denb il-far, il-mazza, iċ-ċana u l-varloppa... u oħrajn.

Fir-raħal kien hemm ukoll ħaddied li kien jagħmel għodda tar-raba bħal xi mgħażqa jew rixtellu. Kien ukoll jagħmel firrolli, ċappetti, serraturi għall-bibien, imfietaħ, u affarijiet oħra tal-ħadid. Kien jaħdem bil-forġa u l-inkwina, biex isaħħan il-ħadid u wara jgħawġu, idawru, u jobormu kif jkollu bżonn.

Kien hemm wieħed jaħdem xogħol

tal-qasab bħall-qfief, xi mezza jew xi qartalla, u l-qaleb tal-ġbejniet, u xi qaleb għall-frawli jew tut. Kien jaħdem ukoll xi qarniċ li huwa qafas tal-qasab biex inixxfu l-ġbejniet fih.

Il-ħajjat kien joqgħod jaħdem fil-bieb jew fuq il-bankina. Kien joqgħod bilqiegħda fuq siġġu baxx, isallab is-sieq tal-lemin għal fuq tax-xellug, b'mod li s-sieq l-leminija tiġi mimduda. Fuq din is-sieq wara kien jagħmel tavla wiesgħa b'tondjatura maqtugħa f'nofs it-tul ta' ġenb minnhom ħalli jdaħħalha madwar qaddtu. Wara jifrex id-drapp fuqha u ħallieh ifassal, ixellel u jħit. Kien iżomm il-ħajt tat-tixlil madwar għonqu, xi labar tar-ras mal-komma, u anke bejn xufftejh.

L-iskarpan ukoll kien joqgħod bilqiegħda fuq siġġu baxx ħafna b'tavla dejqa fuq għarkopptejh, simili għal dik tal-ħajjat, u armarju żgħir maġenbu b'xi xkaffar u xi kexxun żgħir fejn iżomm l-għodda. Żarbun ma kontx issib tixtrih lest imma kien ikejjillek saqajk imbagħad ifassal il-wiċċ ta' żarbun minn fuq biċċa ġilda ċatta, ikkunzata u ratba. It-truf tat-tifsila kien ifellilhom biex ikun jista' jdawwarhom. Wara dan kien jagħti forma liż-żarbun billi jqiegħed il-ġilda mfassla fuq forma ta' sieq tal-injam, tissejjaħ is-sieq, skont id-daqs ta' sieqek. Jiġbed, idawwar, u jagħfas madwar din il-forma, sakemm iż-żarbuna tiegħu forma. It-tfellil li kien jiġi fil-qiegħ kien jinkollah u jpoġġi l-pett fuqha. Il-pett kien ikun magħmul minn ġild oħxon u iebes li jissejjaħ nagħal. Wara kien jorbot kollox b'imsiemer apposta msejħin tal-qrieq (minn qorq li huwa sandli). Il-ponta tal-imsiemer tal-qrieq kienet tiġi fuq ġewwa taż-żarbuna. Biex ma jweġġgħukx, kien jirbatti l-imsiemer billi jdaħħal iż-żarbuna ġewwa forma oħra tal-ħadid, jgħidulha sieq tal-ħadid, u jsammar minn barra filwaqt li jħoss b'subgħajh minn ġewwa, biex jara baqax xi ponta ta' musmar tniggeż.

Kien hemm Ċikku l-Marlozza. Dan aktar minn sajjied kien jaħdem għodda tas-sajd u jbigħhom fir-raħal tal-qrib, jiġifieri Ħal Baħħari. Għalhekk daqqa tarah jagħmel xi xlief li kien jaħdmu skont l-użu, daqqa kien jagħmel xi mitlaq għal fuq l-idejn, jew vlontin għal mal-qasba. Ġieli jaħdem xi mrejkba (minn mirkeb). Din hija magħmula minn tliet biċċiet qasab marbutin f'forma ta' trijangolu, u salib mimdud fin-nofs tagħha, u biċċa sufra ma' kull ponta, biex iżżomm fil-wiċċ. Fin-nofs tas-salib kien jagħmel qasba oħra biex isservi bħal arblu, li fuqu jintrema qlugħ żgħir. Xlief twil u b'ħafna snanar, bħall-konz żgħir għall-wiċċ, kien jintrabat mal-imrejkba. Din kienet titqiegħed fil-baħar u bil-qlugħ tagħha toħroġ 'il barra mill-art, waqt li tiġbed il-konz. Xi kultant kien jaqbad il-lenza maħsula fiz-zappin (Tannin), biex tissaħħaħ, u l-mekkuk, u jagħmel xibka żgħira għal xi kopp. Ġieli kien jagħmel iċ-ċomb għax-xolfa tal-qiegħ. Dawn kien jagħmilhom billi jkollu biċċa ġebla tal-franka ħoxna xi erba' swaba', u bi trapan ta' xi tliet millimetri jtaqqab toqba ta' xi tliet ċentimetri; wara jibqa' jdawwar it-trapan u jmejlu 'l hawn u 'l hemm biex iwessa' l-parti ta' fuq tat-toqba, li tiġi forma ta' qanpiena. Jagħmel toqob oħra bħala mbagħad idewweb iċ-ċomb fuq in-nar fi griġjol. Meta ċ-ċomb idub jitfgħu fit-toqob. Wara li jiksaħ u jerġa' jibbies iċ-ċomb jaqleb il-ġebla u joħroġ iċ-ċomb forma ta' qanpiena. Bi tnalja ċatta jagħfas il-ponta taċ-ċomba u jtaqqabha b'musmar. Ġieli flok ċomba kien jaħdem biċċa ġebla ċatta ħoxna daqs xi sebgħa. Din kien jaqtagħha forma ta' trijangolu, itaqqab toqba ħdejn ponta minnhom, u b'lima żgħira jneħħi x-xfar tagħha. Kien anke jaħdem xi purpara minn ċomba tawwalija, xi erba' ċentimetri u fuq in-naħa t'isfel tagħha kien iwaħħal għadd ta' labar tar-ras milwija forma ta' V. Din tintuża biex jinqabdu l-klamari u l-qarnit.

Xi nisa kienu jaħdmu ta' ballata. Dawn kienu jagħmlu t-torba tal-bjut. It-tisqif tal-bini kien isir bi travi u xorok, li fuqhom kien jinxteħet saff xaħx, u fuq dan kien jinfirex id-deffun. Id-deffun kien biċċiet tal-fuħħar imfarrka rqiq. Wara li jixxarrab id-deffun, fuq il-ballata kienu joqogħdu filliera ta' xi sitta, bilqiegħda fuq banketta baxxa, iballtu d-deffun sakemm jissoda u jibbies, waqt li jgħannu. Wara li jlestu l-bejt kienu jgħattu t-torba magħmula friska bit-tiben, u jħalluh għal xi tlett ijiem biex jinxef bil-mod u ma jinqasamx.

Xi nisa oħra kienu jagħmluha tal-ħaddara. Dawn kienu nisa żgħażagħ li kienu mħallsa meta jkun hemm xi tieġ biex jimxu quddiem l-għarajjes, waqt li jiżfnu, jgħannu u jitfgħu l-weraq u ward quddiemhom, ħalli dawn imbagħad jimxu fuqhom bħala sinjal ta' risq.

Nisa oħra kienu jagħmluha ta' Bikkejja. Dawn, waqt xi funeral, kienu jimxu quddiem it-tebut waqt li jibku, jgħajtu u jnewħu, u jgħannu l-virtujiet tal-mejjet.

Kienu jgħannu u jnewħu xi ħaġa hekk:

Kemm kien raġel sewwa,
Kollu ħniena, kollu ħlewwa,
Kemm kien raġel kwiet,
Għall-karità jbattal il-bwiet.
Kollu tjieba, kollu talb,
Spiss fil-knisja jitlob bil-qalb.
Issa dan mar għand il-Mulej
B'talbna niftakruh, fiż-żmien li ġej.

Mistrieħ u Mogħdija taż-Żmien

Għal xi l-erbgħa ta' wara nofsinhar in-nisa kienu joħorġu xi siġġu u min kien joqgħod jaħdem il-bizzilla, min is-suf, u min ipaċpaċ - iseksek fuq dik u fuq l-oħra u b'hekk l-aħbarijiet kienu jiġru bħal-leħħa ta' berqa. Hekk għalkemm ma kienx hawn televiżjoni, l-aħbarijiet malajr kienu jinxterdu. Is-sigrieti kien ikun jafhom kulħadd.

Mela x'sigrieti huma dawn? Wieħed jistaqsi.

Għax għandkom tkunu tafu li meta xi ħadd jafdalek xi sigriet jorbtok biex ma tgħid lil ħadd u kien jgħidlek: 'Bejnietna dan, tgħid lil ħadd'. U int tkun marbut biex ma tgħidu lil ħadd, u għal unurek iżżommu s-sigriet. Biss kien hemm drawwa, u din donnha għadha magħna, li ma tkunx qiegħed tikser is-sigriet jekk tgħaddih lil ħaddieħor waqt li tibda billi tgħidlu: 'Bejnietna dan, tgħid lil ħadd'. B'hekk is-sigriet ikun dar ir-raħal kollu u anke joħroġ barra mir-raħal mingħajr ma jkun inkiser!

Filgħaxija kienu joħorġu l-irġiel u joqogħdu bilqiegħda jħarsu jew isellmu lil xi ħadd jew jaqbdu xi argument, u oħrajn kienu jmorru għand Karmnu tal-inbid, biex jiltaqgħu u jitkellmu, waqt li jlegilgu xi tazza nbid tajba. L-inbid kien ikollu togħma qawwija, jagħti ftit fil-qrusa, donnu mħallat bil-ħall - kienu jgħidulu dak li jkemmex ix-xufftejn. Kienu jgħidu wkoll li jsammrek mas-siġġu. Li naf hu li meta tidrah ma jdejqekx, u jekk hux bil-kolla jew bl-imsiemer jew b'xi mod ieħor, veru kien jwaħħlek mas-siġġu għax kien ikun qawwi sewwa.

Il-ħanut tal-inbid kien ikollu xi sitt imwejjed imdawra b'banketti fuq tliet saqajn. Kien ikun hemm xi ftit btieti tal-inbid u ftit fliexken bl-inbid li jimla mill-btieti, u bank bit-tazzi minn fejn Karmnu kien inewwel l-inbid. Karmnu tal-inbid kien raġel twil u rqiq. Kien jilbes beritta sewda ċatta fuq rasu. Dejjem b'sigarru twil daqs tliet swaba' f'ħalqu; is-sigarru kważi dejjem mitfi, u miżmum bejn xufftejh fil-ġenb ta' ħalqu; aktar kien iħallih għad-dehra milli għall-użu. Meta jitkellem kien iħalli s-sigarru f'ħalqu u waqt li jitkellem is-sigarru qisu jibda jiżfen. Kellu wiċċu rqiq u mgħaddam b'ħarsa dejjem serja u għajnejn kannella li jħarsu fiss lejk. Tibda taħseb li se jaħsel jibda jirrabja miegħek, imma kien dħuli u qalbu tajba. Anke meta jidħaq, wiċċu kien iżomm ċerta serjetà.

Xi rġiel kienu joqogħdu jilagħbu l-karti jew fil-ħanut tal-inbid jew fuq mejda barra t-triq. Kultant kien jiġi wieħed bit-Terramaxka. It-tfal kollha jduru miegħu jisimgħu l-pjanola ddoqq u jħarsu biex jaraw il-pupi ta' din it-terramaxka jduru u jiżfnu. Wara l-ġenituri kienu jitfagħlu xi sitt ħabbiet jew sold, u kien hemm ukoll min ma jitfagħlu xejn.

Xi ġranet oħra, filgħaxija fis-sajf, kienet tgħaddi ċerta waħda li kien jisimha Gerit.

Din kienet tiġi b'orgni mdendel ma' għonqha u toqgħod iddoqq xi biċċa mużika għal xi sitt ħabbiet jew sold.

Kif tistgħu taraw, ir-raħal ta' dari kien ikun post ta' sliem u kwiet. Tħossok tistrieħ mill-istorbju tal-lum jekk biss taħseb fuqu, aħseb u ara tkun toqgħod fih. Kif ġa għidt aktar qabel, ħdejn l-istorbju tal-lum kien tħossok riesaq lejn il-ġenna tal-art.

Majsi u Trejżi

Majsi u Trejżi kienu koppja anzjana. It-tnejn twieldu fl-aħħar nofs tas-seklu dsatax u marru l-Ġenna għal nofs is-seklu għoxrin. Kienu koppja sempliċi, twieldu u għexu dejjem fl-istess raħal. Kienu qishom il-kelb u l-qattus, taħsibhom dejjem jiġġieldu ma' xulxin, imma ma kinuxjgħaddu mingħajr xulxin, u malajr jagħmlu paċi. Jekk ikun hemm xi ħin ta' kwiet, xi ħadd minnhom kien jara kif jinbex lin-naħa l-oħra.

Meta xi żmien ilu sirt naf lil Majsi u lil martu Trejżi dawn it-tnejn kienu jidhru xi ftit anzjani. Meta staqsejt lil Majsi kemm kellhom żmien hu malajr weġibni li għandu 61 sena, imma ta' Trejżi ma qallix. Meta mbagħad staqsejtu kemm għandha Trejżi, qarras ftit wiċċu, qagħad jaħseb ftit, u qalli li kellha 55. Aktar tard kont qiegħed nitkellem ma' Trejżi u staqsejtha kemm ilhom miżżewġin, u ta' kemm iżżewġu. Trejżi tħassbet ftit, imbagħad tbissmet, u wara ftit qaltli li ilhom 30 sena miżżewġin u Majsi kellu 25 u hi kellha 20.

Le taħsbux li għandi xi żball jew li ma nafx ngħodd. Għax tridu tkunu tafu li l-matematika ta' Trejżi mhiex bħal dik li nitgħallmu l-iskola jew l-Università imma donnha oriġinat minn xi univers ieħor fejn wieħed u tnejn ma jagħmlux tlieta imma daqqa tnejn u daqqa wieħed!

Is-sigriet tal-matematika ta' Trejżi huwa li hi ma kinetx tħobb turi kemm għandha żmien, u għalhekk minn dejjem kienet tħarbex u tnaqqas biex ma turix l-età propja tagħha. U f'ġieħ kemm hemm, kienet saħansitra tiġbed lil Majsi magħha u anke ġġiegħlu jnaqqas tiegħu!

Għalhekk milli jidher hu kien iqarras wiċċu meta jistaqsuh din it-tip ta' mistoqsija.

U allura tistaqsuni għalfejn *hi* tbissmet?

Għal kull ħatba hemm il-mannara, jgħid il-Malti, u meta jien staqsejtha kemm għandha żmien milli jidher ma ħaditx pjaċir u għalhekk għall-ewwel tħassbet biex tara x'se tgħid u kif se toħroġ minnha, imma

wara tbissmet għax indunat li sabet
l-okkażjoni li tnaqqas in-numru, bħallikieku
San Pietru kien se jirranġa r-reġistru
tal-Ġenna, u ddum ftit ieħor hawnhekk f'din
id-dinja.

U la qed nitkellmu fuq reġistri... skont dak
tal-parroċċa fejn kienu joqogħdu (dawn
ir-reġistri issa m'għadhomx jeżistu għax
għebu mar-raħal), Majsi kellu 64 sena u
Trejżi kellha 62 u kienu ilhom miżżewġin 32
sena.

Dan huwa is-sigriet kollu u qiegħed nikxfu
issa, għax San Pietru ilu snin sewwa li
niżżilhom it-tnejn li huma mal-mistednin
li daħlu, jew għadhom irid jidħlu, fil-Ġenna.

Trejżi ara ma tmurx tmaqdrilha
xogħolha, l-aktar it-tisjir. Majsi min-naħa
l-oħra għall-ikel kien ifittex ix-xagħra
fl-għaġina u jitqażżeż ħafna. Jekk jidhirlu li
fl-ikel hemm farka sewdenija, daqs ponta ta'
labra tar-ras, arah igerger għax tista' tkun
biċċa minn sieq ta' dubbiena jew nemusa, u
hawn ħallihom jargumentaw.

Daqqa jgerger li l-ikel jaħraq, u daqqa għax kiesaħ, daqqa li hu mielaħ, u daqqa li jonqsu l-melħ. Dejjem irid isib xi ħaġa, u Trejżi ma kinetx taf tigdem ilsienha.

Tassew li jgħidu li Alla jlaqqa' u jxebbah, għax Trejżi wkoll dejjem tgerger. Jekk jiġi kmieni tgerger mod għax tkun għadha ma lestietx; jekk idum tinkwieta għax dam, u tistaqsih jekk ġralux xi ħaġa... biex ma ngħidux li tgerger għax kesaħ l-ikel.

Jekk kien hemm xi ħin li kienu joqogħdu kwieti hu meta jkunu reqdin biss... u dan jekk tinsa l-inħir tat-tnejn li huma.

F'din id-dinja Majsi kien qsajjar u magħlub. Kien jilbes qorq nofsu mqatta' u pett mittiekel u mraqqa' kemm-il darba, qalziet iswed, x'aktarx kien taż-żwieġ ta' missieru, u għalhekk kien xi ftit wiesa' u twil. Dejjem kont tarah b'dan il-qalziet imxammar naħa sa xi tliet swaba' 'l fuq mill-għaksa, u l-oħra 'l fuq min-nofs il-pexxun. Mal-qadd il-qalziet kien miżmum b'terħa minflok ċintorin. Kellu qmis, darba kienet bajda rrigata rqiq, iżda issa donnha nħaslet b'ilma u tafal daqskemm sfaret. Dejjem imkemxa u l-kmiem imxamra billi jrembilhom kif ġie ġie. Fuq il-qmis kien jilbes sidrija - imkemxa, miftuħa u bit-truf mibruma biż-żmien u l-użu. Darba kellha lewn iswed imma issa ma tistax tgħid x'kulur hu, u hemm irqajja' li iktar jidhru ħodor u jleqqu bit-tħakkik, qisu qagħad jillostraha bir-ramm.

Il-ħwejjeġ, bil-qorq b'kollox, kollha kellhom xi roqgħa, u li kien għalija kont inlaqqmu Majsi Rqajja', imma laqmu kien ieħor.

F'rasu dan l-aħħar kien jitfa' beritta minn dawk iċ-ċatti; żmien qabel kien jilbes il-milsa, li kienet beritta tawwalija, u l-ponta tagħha taqa' fuq il-ġenb. Ma nafx għax kien jilbisha: jekk hux biex ma jarawx il-qargħa jew biex ma jħossx bard fiha? X'aktarx għat-tnejn f'salt! Li naf hu li meta kien ineħħiha kienet tidher qargħa tleqq, bi ftit xagħar griż fil-ġnub ta' rasu. Kien ineħħiha biex jitfa' fiha xi karta tal-lira, għax fejn jidħlu flus, kien iżomm iż-żgħar fil-but tal-qalziet, waqt li karti kien jagħmilhom fil-beritta.

Majsi kif għedna kien qsajjar, u kien jaqla' x'jiekol billi joħroġ ibigħ xi ftit ħaxix milli kien ikabbar fl-għalqa żgħira li kellu qrib id-dar. Kien joħroġ b'karrettun żgħir miġbud minn ħmara żgħira. Toħroġ il-għaġeb, bil-karrettun u l-ħmara t-tnejn li huma żgħar, kien qishom xi ritratt meħud minn xena ta' xi presepju, u milli jidher minħabba f'hekk li ngħata l-laqam ta' Majsi l-Pastur.

F'ħalqu dejjem kien iżomm pipa tal-injam. Din mix-xeħta kienet ta' bużbużnannuh. Hu kien jgħid li kienet taf l-istorja ta' Malta. Mela forsi sewwa kienu jgħidu li wara li spiċċa minn din id-dinja, il-pipa riduha tal-mużew (ma nafx liema mużew kien). Imma ma rnexxilhomx għax il-fdal tagħha gawdewh il-ġrieden tal-miżbla. Din il-pipa kienet tal-injam magħmula minn biċċtejn zkuk imtaqqba. Il-bokkin kien jgħidlu l-qasba u l-pipa, ftit aktar eħxen, kien jgħidilha l-borma. Biex jimlieha bit-tabakk kien dejjem jagħmel l-istess ġesti: wieħed wara l-ieħor qishom xi ritwal li naraw f'San Ġwann.

L-ewwel kien jaqla' l-pipa minn ħalqu, iħares lejn il-"borma", u jxommha b'nifs qawwi 'l ġewwa, qisu qiegħed ixomm xi ward tal-Ġenna. Wara kien itektikha ma' xi ħajt rasha 'l isfel biex jitbattal it-tabakk maħruq. Imbagħad arah joħroġ borża żgħira magħluqa minn għonqha bi strixxa żigarella. Kien joħroġha mill-but tal-qalziet u jdeffes il-pipa fiha, qisu dak li hemm ġo fiha huwa sigriet. Li naf hu li kien ifuħ għax mat-tabakk kien iroxx xi ftit xorb, x'aktarx rożolin, imma meta ma jkollux rożolin, anke wiski jew brandi kien jitfa'. Imbagħad kien idaħħal il-pipa fil-borża u wara jdaħħal subgħajh u jimlieha bit-tabakk waqt li tkun fil-borża. Qisu l-mod kif jimlieha huwa ħaġa sigrieta wkoll.

Kif joħroġha mill-borża kien jagħfas

it-tabakk b'subgħajh; idaħħalha f'ħalqu fuq
ġenbha, kważi rasha 'l isfel, ikebbes xi
sulfarina, u ħallih iqabbad it-tabakk; jieħu
ċerti nifsijiet 'il ġewwa u jonfoħ mill-ġenb ta'
ħalqu.

Trid tara kemm kienet iddaħħan! Imma
wara ftit mixgħula kienet tħalli riħa li
ddejqek, x'aktarx mit-tabakk il-qadim li kien
jibqa' fiha.

Stejjer

Majsi u t-Tadam għall-Kappillan

Waslet il-festa ta' Ħal Minsi. Lejlet il-festa, Trejżi qamet qabel Majsi u, wara li ħadet skutella kafè, libset ilbies għall-festa - ilbies li kienet tilbsu biss darba f'sena propju għal dan iż-żmien.

Kienet libset qmis bajda, imżejna b'rakkmu ta' fjuri ħomor, sidrija ta' drapp aħmar b'rigi bojod, u dublett wiesa' aħmar. Jekk taraha mill-bogħod kont taħsibha xi bandiera Maltija mgeżwra madwar xi xkora patata!

Qabel ma ħarġet kielet ikla tin. It-tin għamel tiegħu għax, waqt li kienet barra ddur u tpaċpaċ man-nies li tiltaqa' magħhom, żaqqha bdiet tgorr u tobrom... u dlonk qabadha l-uġigħ.

Majsi, min-naħa l-oħra, rama l-ħmara u ħareġ biex imur b'xi tiben għand Lonzu u jgħaddi jiġbor xi tadam mingħand Paċikk, li kienu għall-kappillan.

Paċikk kellu jibgħat ftit tadam sabiħ

lill-kappillan għal fuq il-mejda tal-ikla tal-festa, u għalhekk talab lil Majsi biex iwassallhulu.

Paċikk, ta' paċenzjuz li kien, qiegħed it-tadam ġo kaxxa baxxa, fejn fil-qiegħ poġġa ftit tiben; dan dawru mat-tadam ukoll. Il-kaxxa mbagħad daħħalha b'kollox ġo xkora li għalaqha bi spaga. Paċikk qiegħed l-ixkora bit-tadam fuq wara tal-karettun ta' Majsi, b'attenzjoni liema bħalha, qisu kellu xi ħaġa tal-ħġieġ - attent li ma tiħux xi skoss u tinkiser.

Rigal tal-Għid lil Majsi

Kien żmien il-festa tal-Għid hekk kif il-kappillan kien qed iħeġġeġ lin-nies biex imorru għaċ-ċerimonija tal-Għid meta jsir ukoll it-tberik tan-nar il-ġdid. Is-sagristan kien ġa lesta ftit ħatab u tiben fuq iz-zuntier, quddiem il-bieb il-kbir tal-knisja, u dawwarhom b'ħames siġġijiet biex ma jtajruhomx in-nies.

Waqt il-visti tas-seba' knejjes deher in-nutar jitkellem fuq iz-zuntier mat-tabib tar-raħal, jew aħjar is-Sur Ġużè, kif kienu jsibuh in-nies. Fuq xiex kienu qegħdin jitkellmu ħadd ma seta' jgħid, iżda ta' sikwit kont tarahom jitbissmu u kultant ifaqqgħu xi daħqa.

Fl-aħħar it-tabib instema' jgħid: 'Ħalli f'idejja għax din is-sena għandi ħafna u ma nafx x'ser nagħmel bihom.'

U dlonk sellmu lil xulxin.

Wasal il-ħin taċ-ċerimonja tal-Għid u r-raħal attenda bi ħġaru fil-knisja.

Waqt li n-nies kienu sejrin għaċ-ċerimonja sew in-nutar kif ukoll it-tabib qagħdu fil-bieb tad-dar tagħhom jaraw in-nies għaddejjin. Dan ma kienx soltu tagħhom. Quddiem il-bieb tat-tabib kien hemm ix-xarretta tiegħu.

Tgħid ried joħroġ għal xi vista qabel ma jmur il-knisja?

Meta bdiet iċ-ċerimonja fit-triq ma kien jidher ħadd għax donnu kulħadd mar il-knisja, sa l-inqas nemla. Meta tbattlet it-triq, in-nutar ħareġ jgħaġġel lejn il-knisja u sellem lit-tabib.

'Narak Dott'.

It-tabib bid-daħqa fuq wiċċu wieġbu, 'iva narak, dalwaqt.'

Hekk kif in-nutar daħal fil-bieb tal-knisja, it-tabib ħares 'il fuq u 'l isfel tat-triq u daħal id-dar. Wara ftit reġa' ħareġ b'sorra f'idejh. Is-sorra kienet mgħottija bi tvalja qadima u xi ftit imqatta'. Ma nafx x'kien fiha, iżda kien qiegħed iżommha bit-truf tas-sorra 'l fuq u kien miexi bil-mod qisu għandu xi ħaġa li tinkiser ġo fiha. Għamilha fix-xarretta, rikeb u beda miexi bit-tlikki tlikki.

Min jaf fejn kien sejjer?

Meta wasal quddiem il-knisja waqaf u niżel. Mhux soltu jmur il-knisja bix-xarretta, għax kien joqgħod biss xi għaxar bibien 'il bogħod. Ħareġ bil-mod il-mod din is-sorra waqt li kien ta' sikwit iħares 'l hawn u 'l hemm fit-triq, qisu ma riedx jinħakem minn xi att malinn li kien beħsiebu jagħmel.

Din is-sorra għamilha fl-art bil-mod il-mod bejn il-bieb tal-knisja u l-ħatab imdawwar bis-siġġijiet. Imbagħad neħħa t-tvalja minn madwarha u fl-aħħar dehret kaxxa tal-kartun. Tefa' t-tvalja lura fix-xarretta u reġa' dar iħaffef lejn id-dar.

Tgħid x'kien fiha din il-kaxxa?

Meta wasal id-dar daħħal ix-xarretta fir-remissa u lebbet lejn il-knisja. Meta daħal il-knisja n-nutar għamillu sinjal għax kien refagħlu siġġu ħdejh.

Wasal il-ħin tat-tberik tan-nar. Il-kappillan beda miexi proċessjonalment tul il-korsija tal-knisja lejn il-bieb il-kbir. Dak il-ħin in-nutar qam minn postu u mar ħdejn Majsi.

'Majs għandi xi ħaga xi ngħidlek.'

Majsi staqsieh xi jrid jgħidlu.

In-nutar qallu li xi ħadd ħallielu rigal barra l-bieb tal-knisja, u biex iħaffef imur jiġbru għax kull ma kien fadal ftit passi għall-kappillan biex joħroġ mill-bieb tal-knisja, u jekk dan ma jarax ir-rigal jaf jinfixel f'saqajh.

Majsi ħareġ minnufih u n-nutar ħareġ warajh.

Meta ra l-kaxxa tal-kartun Majsi qagħad iħares lejha u jaħseb x'seta' fiha, għax hu qatt ma qala' rigali tal-Għid. Hawn in-nutar ħeġġu biex jiġborha min-nofs għax il-kappillan kien se joħroġ mill-bieb u jiġi fuqha.

Għalhekk Majsi malajr qabad il-kaxxa u refagħha mill-art f'salt. Iżda din l-imbierka kaxxa kienet rasha 'l isfel, u għalhekk infetħet f'idejh u kulma kien fiha waqa' fl-art.

X'kien fiha? X'ħareġ minn din il-kaxxa?

Minnufih waqgħu xi tużżana bajd tat-tiġieġ, li nkisru fl-art u għamlu tagħsida sħiħa fuq iz-zuntier! Mal-bajd ħarġu jiġru xi tmintax-il fellus li bdew ipespsu u jiġru 'l hawn u 'l hemm.

In-nutar kien pront qal lil Majsi biex iħaffef jaqbadhom għax dawk il-flieles kienu kollha tiegħu. Majsi, minkejja li kien ċert li l-flieles kien ħalliehom id-dar, xorta pprova jaqbadhom biex ma jħallihomx joħorġu lejn it-triq.

Sadanittant inġabret ġemgħa nies u qam għagħa sħiħ fuq iz-zuntier: min jidħaq, min jiġri wara xi fellus, u min jgħaddi xi kumment lil Majsi.

Biex jiġri wara l-flieles Majsi tajjar il-ħatab minn postu.

'Majs! X'inti tagħmel?' għajjat is-sagristan.

Xi żewġ flieles daru lejn il-bieb tal-knisja u għaddew minn ħdejn saqajn il-kappillan.

Majsi mar jiġri warajhom u żelaq fit-tidlik tal-bajd imkisser. Biex ma jweġġax ipprova jaqbad ma' xi ħaġa, u qabad mal-ilbies ċerimonjali tal-kappillan. Kif qabad miegħu ċarrat dan l-ilbies u l-bizzilla li kien hemm taħtu.

Il-kappillan ħassu sejjer jiġġennen.

'Majs x'għamiltli?'

Il-purċissjoni baqgħet wieqfa fil-bieb. L-abbattini għamlu bħal tfal oħra u telqu kollox u marru jiġru wara l-flieles. Anke nies kbar, ittentati minn dak kollu li kien għaddej, bdew jiġru wara l-flieles biex jippruvaw jaqbdu xi wieħed, iżda dawn l-imberkin flieles kienu ħfief iktar mir-riħ. Instemgħu siġġijiet jaqgħu u oħrajn jinkisru; anke xi gandlieri nqalbu.

Trejżi resqet lejn il-bieb biex tara x'inhu jiġri u semgħet lil Majsi jgħajtilha biex taqbad il-flieles, għax skont hu dawk kienu tagħhom. Trejżi, li bħalu ma setgħetx tifhem kif dawn l-imgħarrqin spiċċaw hemm barra, marret tiġri wara xi ftit minnhom li kienu qed jiġru fil-kursija. Fil-paniku qabdet siġġu u waddbitulhom biex ma jibqgħux jiġru. Dan ħabat ma' ħġieġa ta' niċċa u l-ħġieġa saret frak.

Kif il-kappillan sema' l-ħoss tal-ħġieġ jinkiser u tas-siġġu li waddbet Trejżi jaqa' fl-art, ħares lura u jara siġġu ieħor itir warajh. Dan ukoll iddamdam.

Trejżi baqgħet tiġri u fin-nofs tal-kursija kien hemm żewġ siġġijiet maqluba li tfixklet fihom, waqgħet fuqhom u kissrithom ukoll.

Il-kappillan tellgħetlu fawra kbira għal rasu.

Fl-istess ħin xi żewġt iflieles daħlu f'bieb żgħir li kien imbexxaq u jagħti għall-kampnar, b'Majsi jiġri warajhom. Majsi tfixkel fl-għatba tal-bieb u tilef il-bilanċ. Hawn reġa' pprova jżomm ma' xi ħaġa biex ma jweġġax. Għalhekk qabad mal-ħbula tal-qniepen u tħabbel fihom. Dawn bdew idoqqu lkoll f'salt u komplew żiedu fl-istorbju li kien hemm. Ma' kull ċaqliqa li Majsi kien qiegħed jagħmel biex iqum, il-qniepen bdew idoqqu iktar.

Il-kappillan għamel idu ma' rasu għax ma kienx jaf x'se jaqbad jagħmel. Beża' li sa tagħtih xi puplesija.

Is-Sur Ġużè kien ħdejn dan il-bieb tal-kampnar u meta ħares lejn Majsi li fl-aħħar irnexxielu jqum - fost ħafna daqq tal-qniepen - ra li fl-art ħdejn il-garigor kien hemm barmil ilma. Dar fuq Majsi u qallu li biex jaqbadhom jaqbillu jitfgħalhom dak il-barmil ilma.

Majsi dlonk qabad il-barmil. Il-flieles dawru denbhom u reġgħu bdew ħerġin mill-bieb. Dawn stkennu taħt il-ħatab u t-tiben li issa kien reġa' rranġa s-sagristan. Kif rahom taħt it-tiben, Majsi kien pront tefgħalhom l-ilma, u xarrab il-ħatab u t-tiben kollu.

Il-kappillan ħaseb li se jagħtih ħass ħażin bl-isturdament li qabdu.

'Majsi, Trejżi x'jonqoskom tagħmlu iktar? Waqqaftu ċ-ċerimonja, ċaflastu z-zuntier, irvinajtuli l-ilbies ċerimonjali bir-rakkmu tad-deheb, ċarrattuli l-bizzilla ta' taħtu, u għamiltu dan l-istorbju kollu billi kissirtu l-ħġieġ, siġġijiet u gandlieri. Waqqaftu ċerimonja, ħassartu festa, farraktu knisja, u issa lanqas ma nista' nbierek in-nar għax xarrabtu l-ħatab u allura mhux se jaqbad.'

Majsi malajr wieġbu u qallu: 'Mela ma jaqbadx. Kemm tħallih jinxef.'

Il-kappillan telgħulu u beda jgħajjat aktar minn qabel.

'Noqgħod nistenna xi jumejn?! Jien issa rrid inbierku n-nar.'

Trejżi li kienet qiegħda tisma' kollox indaħlet.

'U iva issa mmur id-dar u nġiblek ftit ħatab u tiben.'

Allura l-kappillan qalilha biex tħaffef ħalli jlesti ċ-ċerimonja.

'Iii kemm int mgħaġġel! Issa l-ewwel naqbad il-flieles għax dawk tagħna,' weġbitu fil-pront.

Hawn il-kappillan kompla jistordi u fl-aħħar tah ħass ħażin.

...u dak l-imgħarraq ta' tabib baqa' jitbissem minn taħt.

Kellu jkun Għid li żgur se jibqgħu jiftakru...

Awwissu 2017

Id-Dawra

Trejżi jum wieħed dehret daqsxejn imħassba.

Dan għax Tonina l-ġara tagħha kienet qagħdet tiftaħar fit-triq li Nardu, ir-raġel tagħha, il-jum ta' qabel ħariġha dawra, waqt li Trejżi ma setgħet tgħid xejn għax Majsi kien ilu ħafna ma joħroġha xi dawra. Għalhekk, bdiet tara kif tagħmel u tgergirlu fuq din il-biċċa xogħol.

Filgħaxija wara x-xogħol, Majsi qagħad bilqiegħda fil-bitħa jpejjep il-pipa, qabel ma jitlaq għand Karmnu tal-inbid, biex bħas-soltu jiltaqa' ma' sħabu.

Meta ratu Trejżi ma ħallitux bil-kwiet.

'X'inti tagħmel hemm, titgħażżen?'

'Qiegħed nistrieħ mix-xogħol tal-lum,' weġibha.

'Ajma x'xogħol dak! Tilgħaq ix-xemx!'

Majsi qalilha biex tħallih bi kwietu. Hawn Trejżi malajr qaltlu biex u kemm qagħdet tiftaħar Tonina.

'Ara int, qatt ma toħroġni xi dawra.'

Majsi tbissem waħda.

'Għal daqshekk qiegħda titmasħan? Ara mur ilbes u malajr nieħdok dawra.'

Trejżi għoġbitha l-idea u telgħet tiġri fuq biex tbiddel qabel ma Majsi jfettillu jibdel fehemtu.

Fi ftit ħin niżlet imbiddla - libset dublett tond wiesa' ikħal sewdieni, b'rigi dojoq ta' lewn ikħal jagħti fil-griż; qmis bajda mberfla bil-bizzilla fil-kmiem u fl-għonq; u sidrija fuqha tal-bellus ta' lewn ikħal sewdieni.

Meta niżlet staqsietu jekk hux liebsa sabiħ. Majsi weġibha li togħġbu l-libsa, u staqsieha kif ma ntramatx bid-deheb.

Trejżi malajr reġgħet telgħet fuq u ntramat bid-deheb qisha sejra għall-Imnarja biex tieħu xi palju. Trid tara kif kienet imdandna bid-deheb! Kellha ċintell twil sa qaddha, u erba' ċappetti - tlieta fl-id tal-lemin u waħda fix-xellug. Dan għax kellha erba' ċappetti tad-deheb, u billi taħdem iktar bil-lemin, libset tlieta fiha, u b'hekk ħasbet li jidhru aktar, qisu għandha sitta kollox. F'subgħajha xiddet xi sitt ċrieket.

Meta niżlet Majsi b'daħqa staqsieha jekk ġabetx il-ġewlaq.

Hi marret fil-kċina u wara ftit tal-ħin ħarġet b'ġewlaq mimli.

Majsi tbissem waħda u staqsieha x'fih. Trejżi qaltlu li lestiet xi kisriet tal-ħobż frisk, biż-żejt u t-tadam, imħawrin bil-kappar u ż-żebbuġ, flixkun inbid, u xi erba' ħawħiet.

Meta semmiet il-ħawħ, Majsi dlonk taha tbissima.

'Mela bħalek għax int il-ħawħa tiegħi.'

Din għoġbitha lil Trejżi u daħqitlu waħda.

Dak il-ħin kienu qishom żewġ għarajjes friski.

Ftit wara Majsi staqsieha jekk ġabetx maktur.

Trejżi b'ġirja marret iġġib maktur... u wara saqsietu maktur għalfejn kellha bżonnu?

Majsi b'ton ta' nkejja qal li biex tkun tista'

tillostra l-qanpiena ta' Birkirkara li għandha hi, għax hekk kien isejjaħlu lil mneħirha.

Trejżi malajr ħadet għaliha, u qaltlu kemm hu kiesaħ, għax aħjar jara tiegħu.

Sadanittant Majsi baqa' bilqiegħda jpejjep il-pipa.

Trejżi fl-aħħar xebgħet.

'Aħna sa nibqgħu hawn jew? Mhux dawra konna sejrin?'

Majsi pront qam u qabadha minn minkbejha labranzetta. Bdew jimxu - hu jiġbed u hi timxi miegħu. Imma x-xitan m'għandux ħalib għax Majsi flok ħareġ 'il barra, beda jdur madwar il-bitħa. Hawn Trejżi bdiet titħawwad; ma setgħetx tifhem għalfejn qiegħed idawwarha mal-bitħa u telgħetilha fawra. Imma stabret, għax ħasbet li forsi biex ineħħi r-riħa tinten ta' pipa li kellu fuqu, u qagħdet kwieta.

Malli lestew din id-dawra Majsi beda t-tieni waħda.

Trejżi bdiet titlef is-sabar, imma sfurzat

biex ma titkellimx li ma tmurx titlef il-ħarġa minħabba xi kelma żejda.

Lestew it-tieni dawra, u beda t-tielet dawra.

Issa lil Trejżi bdiet titlgħalha t-tempra sewwa, imma rasset xufftejha ma' xulxin biex tieħu ftit paċenzja, li ma tmurx li għal melħa titlef il-borma.

It-tielet dawra fl-aħħar għaddiet iżda Majsi beda r-raba' waħda.

Trejżi ħasset il-mirra tielgħa u l-fawra żdiedet sew, tant li wiċċha ma baqax aħmar lewn it-tadam, bħas-soltu, iżda sar aktar aħmar lewn il-felfel, u jaħraq daqsu bis-sħana li bdiet tħoss ħierġa minnu. Imma mill-ġdid rasset xufftejha ma' xulxin u issaportiet ftit ieħor.

Malli lestew din id-dawra Majsi kien sa jkompli bil-ħames waħda.

Daqshekk!

Bin-nervi li kellha ħassitha sa tisplodi. Ħalqha ma baqax magħluq u nfetaħ... u qisu sploda xi murtal tal-bomba.

'Int taf x'int tagħmel? Se ndumu nduru madwar il-bitħa, qisna l-ħmara tas-sienja? Għalfejn qiegħed tagħmel hekk? Biex ittellagħhomli?"

Iżda Majsi ma qagħadx jitmasħan, u bil-kalma kollha weġibha li kulma qiegħed jagħmel hu biex jaqtgħalha xewqitha u għax jirrispettaha.

Trejżi staqsietu x'rispett hu, u li hi qatt ma riedet toqgħod iddur fil-bitħa.

'Mhux int ridt li nieħdok dawra? U dawra ħadtek.'

Hawn Trejżi kienet sejra titfagħlu l-ġewlaq għal rasu.

Dak il-ħin Majsi waqaf.

Hawn Trejżi kienet sejra titfagħlu l-ġewlaq għal rasu.

Dak il-ħin Majsi waqaf.

'Ara issa d-dawra lesta. Jien sejjer nieħu l-ġewlaq u mmur għand Karmnu tal-inbid.'

Imma Trejżi kienet pronta daħlet ġewwa bil-ġewlaq b'kollox, irrabjata kif kienet għalih.

'Għand Karmnu mur kemm trid, imma llum mhux sejra nagħtik tiekol jekk mhux se teħodni dawra.'

Ngħiduha kif inhi, Majsi qed jaqbdu l-ġuħ u r-riħa ta' ħobż ħiereġ mill-forn, u mħawwar waħda sew, fetaħlu l-aptit. Hekk kellu jieħu lil Trejżi dik l-imbierka passiġġata.

Ħadu t-triq li tagħti għal Ħal Baħħari, it-tnejn tista' tgħid bil-geddum - hi għax ma nqdietx mal-ewwel, hu għax ma ħelishiex. Meta waslu hemm, qagħdu taħt ħajt tas-sejjieħ u ħarġu l-ikel u l-inbid.

Meta Majsi ra l-ħawħ qabad l-isbaħ waħda u fetaħ fommu qisu xi poeta.

'Int l-isbaħ ħawħa li hawn, wiċċek aħmar ferm sabiħ, int għalija u jien għalik.'

Dak il-ħin Trejżi kienet mehdija tlesti l-ikel, u ma kinetx qed tħares lejh. Għalhekk hi ħasbet li dak il-kliem kien għaliha, u daħqitlu waħda u bdiet tkellmu b'ħafna dħulija.

Meta Majsi ra l-ħawħ qabad l-isbaħ

waħda u fetaħ fommu qisu xi poeta.

'Int l-isbaħ ħawħa li hawn, wiċċek aħmar ferm sabiħ, int għalija u jien għalik.'

Dak il-ħin Trejżi kienet mehdija tlesti l-ikel, u ma kinetx qed tħares lejh. Għalhekk hi ħasbet li dak il-kliem kien għaliha, u daħqitlu waħda u bdiet tkellmu b'ħafna dħulija.

Majsi kien se jgħid xi ħaġa imma gidem ilsienu fil-pront.

Hekk malajr għamlu paċi, u reġgħu lura d-dar b'żaqqhom mimlija, u qalbhom mogħnija.

Frar 2010

Is-Serqa

Darba waħda Pullu ta' Qasba (għax nannuh kien niexef qasba, u l-familja kollha ħadu minnu), li kien joqgħod lejn nofs ir-raħal qabadha ma' Majsi fuq it-trobbija tal-fniek. Hawn donnu daqqlu l-ġonġol lil Majsi għax tgħidx kemm damu jitkellmu fuq dan is-suġġett kif ukoll l-ikel, u tindif tal-bejtiet tagħhom. Qabel ma ħallew lil xulxin Pullu staqsa lil Majsi jekk jistax isiblu xi xkora jew tnejn tfief għall-fniek. Majsi kien pront wieġbu li l-għada filgħodu jekk irid iġiblu xkora ħames soldi u tnejn tmien soldi, u b'hekk jiffranka żewġ soldi. Pullu ordna żewġ xkejjer.

L-għada filgħodu, Majsi rema l-karrettun u l-ħmara, għabba bixkilla tadam misjur biex forsi jbiegħ xi ħaġa, u rħielha lejn il-wied. Hemm mela żewġ xkejjer tfief u mar ħadhom lil Pullu. Il-ħmara u l-karrettun ħalliehom barra jistennew, u deffes ir-riedni ġo ħolqa ta' ħabbata ta' remissa kemm jagħmel fiċ-ċert li l-ħmara ma jfettlilhiex taħrab bil-karrettun b'kollox. Kienet mansa u fidila imma ma tafx meta x-xitan ifettillu jdeffes denbu. Għand Pullu reġa' weħel jitkellem fuq il-fniek, u mar jara fejn kien iżommhom.

Ftit wara kienet għaddejja minn hemm Trejżi Ftajjar - mart Majsi - għax marret tixtri xi bżonnijiet għad-dar. Ma kinetx taf fejn kien Majsi (minkejja li kienu qrib id-dar ta' Pullu), iżda minħabba li kienet diġà qiegħda tgħejja timxi, malli rat il-ħmara tagħhom, marret u rikbet fuq wara tal-karrettun, b'daharha lejn il-ħmara, u qagħdet tistenna lil Majsi jiġi minn fejn kien. Ġaladarba l-ħmara kienet hemm issoponiet li ma kienx fil-bogħod u għalhekk ma kellhiex għalfejn toqgħod tfittxu. Biex tgħaddi ż-żmien qagħdet tgħanni minn taħt l-ilsien.

'Majs kemm se ddum?' bdiet issaqsi meta xebgħet tistenna.

Imma Majsi ma setax jismagħha, għax

kien għand Pullu fil-ġnien ta' wara d-dar.

Il-ħmara, kif semgħet il-leħen familjari ta' Trejżi jgħid dak il-kliem, bdiet miexja u b'ġibda żgħira malajr qalgħet ir-riedni mdeffsa fil-ħolqa. Mur għidlu lil Majsi li kien mingħalih rabathom tajjeb ħafna!

Minħabba li Trejżi kellha daharha lejn il-ħmara, ma setgħetx tara li l-ħmara bdiet miexja weħidha. Trejżi, moħħha mistrieħ, waqfet tgħanni, raddet is-salib u bdiet tgħid ir-rużarju, għax ħasbet li ġie Majsi u kienu sejrin lura lejn id-dar. Ġieli ma kienx ikompli magħha allura meta ma semgħetux itenni qatgħetha li tissokta weħidha.

Iżda l-ħmara flok qabdet it-triq lejn id-dar, qabdet triq li ġiet minnha, dik li tagħti għall-wied. Din it-triq kienet imħarbta u kollha ħofor. Trejżi bdiet tiddejjaq bit-tħarbit u l-iskossi tat-triq, u fl-aħħar indunat li dik ma kinetx it-triq għad-dar.

Waqfet mir-rużarju u staqsiet lil Majsi fejn kien sejjer. Meta ma kellimhiex reġgħet staqsiet fejn huma sejrin, u reġa' ma kellha l-ebda tweġiba. Għalhekk daret lejn il-ħmara biex tara x'kien qed jiġri.

Meta ma ratux, ħadet qatgħa kbira u għal ftit ma tahiex ħass ħażin. Hija ħasbet li lil Majsi kien serqu xi ħadd. Trejżi bdiet tgħajjatlu hi u tagħti fuq wiċċha u tibki.

Ftit tal-ħin wara sema' l-għajjat Ġanni Brejbes.

Dan Ġanni, kif juri laqmu, ma tantx kellu fama ta' xi raġel tajjeb fir-raħal. Hu kien jaħdem ir-raba' tiegħu f'dawk in-naħat.

Ġanni mar jara x'ġara. Meta Trejżi qaltlu li serqulha lill-għażiż Majsi tagħha, Ġanni qalilha biex ma tikkonfondix, u li ħa jeħodha l-għassa tal-pulizija ħalli tagħmel rapport, u jfittxuh, u malajr isibuh.

Bdew mexjin lejn ir-raħal: Ġanni jiġbed iż-żiemel tiegħu bil-karrettun li kellu waqt li l-ħmara marbuta miegħu u finalment Trejżi baqgħet bilqiegħda fuq il-karrettun tagħha.

Ftit tal-ħin qabel, fir-raħal inqalgħet biċċa xkiel.

Majsi ħareġ mingħand Pullu, u ma sabx il-ħmara fejn kien ħallieha. Mhux soltu tagħha li timxi mingħajru. Għalhekk malajr ħaseb fil-ħażin. Beda jfittex 'l hawn u 'l hemm, iżda l-ħmara ma dehret imkien, u qatagħha li serquhielu.

Mar l-għassa tal-pulizija biex jagħmel rapport. Fil-bieb sab pulizija li kien ġdid għal dak ir-raħal, u talbu biex ikellem lis-surġent. Il-pulizija ħadu fl-uffiċċju tas-surġent. Majsi għamel ir-rapport u meta ħareġ mill-għassa ra lil Ġanni Brejbes għaddej ftit 'il bogħod, u warajh kellu l-ħmara u l-karrettun tiegħu.

Beda jogħrok għajnejh...

Imma qiegħed nara sewwa? beda jistaqsi lilu nnifsu u dlonk jara wkoll fuq il-karrettun lill-għażiża martu Trejżi.

Reġa' daħal lura fl-għassa u mar fuq is-surġent.

'Surġent sibt min seraqli l-ħmara u l-karrettun. Ma kienx kuntent bihom biss. Taf x'seraqli wkoll? Lil marti, 'il-għażiża Trejżi tiegħi.'

Meta sema' hekk is-surġent inħasad.

'Eħe? Din hija ħaġa serjissima li qatt ma ġrat f'dan ir-raħal. Għandek xi suspetti?'

Majsi wieġeb li kien Ġanni Brejbes, għax għadu kemm rah għaddej bil-mara b'kollox lejn triq dejqa fejn għandu maħżen, u li x'aktarx sejjer jaħbihom hemmhekk.

Is-surġent għajjat lill-pulizija u qallu biex imur iġib fl-għassa lil dak ir-raġel li jurih Majsi imma naqas milli jsemmilu l-kwistjoni tal-mara. Hekk għamel il-pulizija.

Minkejja li Ġanni qal lil Trejżi li kien se jeħodha l-għassa, l-ewwel iddeċieda li jmur sal-maħżen tiegħu kemm idaħħal l-affarijiet peress li ried jeħles minnhom.

Malli raw lill-pulizija quddiemhom tgħidx x'fatta nħasdu!

Il-pulizija ġibdu minn idu u ħadu l-għassa, waqt li Trejżi kienet qiegħda tokrob x'qatgħa ħadet u li ma tiflaħx tiċċaqlaq. Il-pulizija qalilha biex toqgħod hemm, imbagħad jerġa' jiġi għaliha bla ma kellu l-iċken idea li kollox kien qed jikkumplika ruħu minħabba fiha!

Ħa lil Ġanni Brejbes l-għassa, waqt li dan tal-aħħar intefa' jistaqsi x'inqala'. Il-pulizija qallu li hu ma jaf xejn. Meta mar lura ħdejn Trejżi u staqsieha xi ġralha, din qaltlu li serqulha lir-raġel tagħha Majsi. Il-pulizija meta ra l-gravità tas-sitwazzjoni, qalilha biex tistenna ftit ħalli jgħid lis-surġent biha, u mar lura l-għassa.

Il-pulizija għajjat lis-surġent biex ikellmu waħdu, u qallu li daħallu rapport mingħand waħda mara, li xi ħadd ħataf lir-raġel tagħha, li jismu Tumas. Meta sema' hekk, is-surġent qal li din hija ħaġa serja ħafna, li qatt ma nstemgħet f'dak ir-raħal, u lanqas f'Malta kollha minn daqshekk, li nsterqu tnejn min-nies fl-istess jum.

Is-surġent ħalla lil Majsi f'kamra, u qiegħed lil Ġanni f'oħra.

Beda minn Ġanni...

'X'għamilt Ġann? Tammetti? Jaqbillek tammetti mill-ewwel forsi jkollok piena mnaqqsa.'

Ġanni ma fehem xejn fuq xiex kien

qiegħed jitkellem is-surġent, u qal li hu m'għamel xejn ħażin, u m'għandux x'jammetti, anzi *hu* kellu x'jirrakkonta.

Majsi sema' l-għajjat tas-surġent u ta' Ġanni, ħareġ mill-kamra fejn kien u mar ħdejhom.

'Ara Majsi mela int hawn?' qal Ġanni malli ra lil Majsi.

'Għamilthieli Ġann! Qatt ma kont nobsor għalik!'

'Għamilthielek? Jien ħsibt li qiegħed nagħmillek pjaċir.'

'Iss ħej, xi pjaċir dak! Farraktli l-pjanijiet tiegħi.'

'Ħeqq, kulħadd b'xi opinjoni. Jien kont naħseb mod ieħor fuqek.'

'Aħseb u ara jien! Qatt ma kont nistenna mingħandek serq bħal dak.'

Ġanni issa kien mifxul waħda u sew.

'Serq? Fuq xiex qed nitkellmu? Għax Trejżi riedet l-għajnuna tiegħi u jien kont ġej biha l-għassa...'

Is-surġent dar fuq Ġanni u widdbu biex

ma jgħawwiġx il-fatti.

'Int sraqtli lil Trejżi,' qallu Majsi mgħaddab.

Ġanni dlonk ipprotesta.

'Le, jaħasra qed tħawdu. Mhux lilek serqu?'

'Iva serquni waħda u sew, *anzi* int sraqtni propjament xħin rajtek dieħel bil-mara u l-ħmara fir-raħal', ikkonferma Majsi.

Issa kien imiss lil Ġanni biex jibda jrodd is-slaleb.

'Jien? X'għandi x'naqsam? Lili qaltli li serqu *lilek* u mhux il-propjetà tiegħek. Ara staqsu lil Trejżi li qiegħda hawn barra għax jiena mhu nifhem xejn.'

Is-surġent qal lill-pulizija biex imur jgħidilha tiġi imma Trejżi donnha semgħethom għax laħqet waslet quddiemhom minn jeddha.

Is-surġent beda jxomm li kien hemm xi taħwida li dlonk issolviet meta Trejżi qalet li ħasbet li serqulha lil Majsi, u Majsi qal li hu ħaseb li serqulu l-ħmara, il-karrettun, u lill-għażiża Trejżi tiegħu.

Meta s-surġent ra x'taħwida ħoloq Majsi, dar fuqu u qallu:

'X'għamiltli Majs? Għamiltli waħda tinkiteb!'

Majsi bħas-soltu ma fehemx is-serjetà tas-sitwazzjoni, u biex irattab l-affari, qal:

'U iva l-aqwa li kollox inġabar f'postu b'wiċċ il-ġid.'

U bla kliem u bla sliem qabad idejn Trejżi u ħasel se jitlaq 'il barra.

Meta kollox ġie ċċarat Ġanni ħaseb li Majsi u Trejżi kienu għamlulu xi nasba... u meta s-surġent ipprova jagħmel paċi bejniethom irrifera għal Trejżi bit-titlu ta' sinjura.

Malli sema' dan, Ġanni rrabja.

'Dik sinjura! Dik...'

Kien sa jgħid ftira, imma s-surġent biex iraqqagħha malajr, qatagħlu kliemu u qal ġulġliena – li Trejżi u Majsi tgħidx kemm għoġbithom.

Wara li ħarġu mill-għassa, kif kienu se

jimxu, Majsi dar fuq il-ħmara.

'Nimxu ġulġliena?'

Trejżi ntefħet, imma meta indunat li qiegħed jgħid lill-ħmara waddbitlu tadama għal rasu li nfaqgħet mal-kolp.

Majsi, biex ibenġilha, qalilha li ma ħallitux jispiċċa għax li ried jgħid hu li l-ħmara hija l-ġulġliena ż-żgħira u Trejżi l-ġulġliena l-kbira tiegħu.

Trejżi issa għoġobha x-xogħol u ħassitha tintefaħ (aktar milli kienet) u marru lejn id-dar it-tnejn henjin u kuntenti.

Frar 2010

L-Għajnuna ta' Majsi

Ktibt ħafna biex nagħtikom ritratt fidil ta' Majsi u ma tantx jidher li baqa' żmien għal xi rakkont. Imma ngħidilkom waħda qasira issa la qegħdin hawn. Biex nuri min kien Majsi u s-sempliċità tal-ħajja ta' dak iż-żmien - żmien li issa ntilef u ma jerġax jiġi.

Majsi kemm-il darba, kif ikun għaddej mill-pjazza ta' fejn il-knisja, jieqaf biex jara l-kappillan għandux bżonn xi ħaġa.

Dun Drin - dan isem il-Kappillan li għall-ewwel ħsibtu xi laqam, imma wara ftit tiftix u studju, sibt li dan fil-fatt kien jismu Indri, u għalhekk qassrulu ismu u bdew jgħajtulu Dun Drin.

Meta kien jgħaddi għand il-kappillan, Majsi, l-aktar fix-xitwa, kien jara kif jagħmel biex ma jaqlax il-beritta minn rasu. Għalhekk ta' makakk li kien jaħseb li hu, kien iħabbat il-bieb tal-kappillan, jew dak li jagħti għas-sagristija, u jgħajjatlu għax mhux dieħel peress li għandu l-beritta f'rasu u ma jixtieqx ineħħiha minħabba l-ksieħ. Bħallikieku din il-beritta mwaħħla ma' rasu u ma jistax ineħħiha. Imma Majsi ma kienx minn ta' wara l-muntanji, u kien jgħidlu hekk lill-kappillan, għax il-kappillan kien ikun pront iwieġbu biex jibqa' dieħel u jħalliha f'rasu l-beritta.

Hekk Majsi ma joħroġx ta' pastaż u kien jibqa' bil-beritta ssaħħanlu rasu.

Ħu Majsi kien jismu Paċikk taż-Żgħir, għax mix-xeħta ma kinux xi familja ta' ġġanti, u anke missierhom kien qasir ħafna. Dan Paċikk ukoll kien, fejn jista', jagħti daqqa t'id lill-kappillan, u kien ukoll imexxi l-konfraternità tar-raħal.

Darba waħda l-kappillan kellu żewġ soror: waħda bi ħwejjeġ tal-knisja u l-oħra tal-fratellanza, biex jagħtihom lil Paċikk ħa jdurhom u jgħaddihom għall-festa. Għalhekk Dun Drin malajr ordna lil Majsi biex iġorrhom hu fuq il-ħmara u jgħaddihom lil Paċikk.

Dun Drin kien imħabbat jirranġa

z-zuntier għax fil-ġenb kien hemm roqgħa ħamrija kollha ġebel u ħaxix ħażin. Għalhekk qatagħha li qabel il-festa jirranġaha, inaddafha, u jħawwel palma mdaqqsa li kien hemm fil-ġnien tas-sagristija.

Meta Majsi mar dakinhar kienu saru xi l-għaxra ta' filgħodu. Il-bieb tas-sagristija kien magħluq għalhekk kif ra li kien hemm xi erba' twavel fil-ġenb tat-taraġ taz-zuntier li kienu jiffurmaw rampa biex inaddfu dik ir-roqgħa ħamrija, tela' bil-ħmara u l-karrettun fuq iz-zuntier. Daħħal rasu fil-bieb tal-ġenb tal-knisja u bħas-soltu għajjat lill-kappillan.

'Dun Drin jien hawn għax għandi...'

Il-kappillan ma ħallihx jispiċċa għax malajr qallu biex ma jikkonfondix u jibqa' dieħel b'kollox għax kellu bżonn l-għajnuna tiegħu. Allura Majsi ta' bravu li kien mexa fuq l-ordni li kellu, u obda bħal suldat li sejjer għall-battalja.

Il-bieb tal-ġenb tal-knisja kien imbexxaq

għax kienu għadhom kemm ħarġu xi nisa wara li ħaslu l-art tal-knisja. Daħal minn dan il-bieb bil-ħmara b'kollox. Waqaf qabel l-altar u rabat lill-ħmara fil-ġenb, mal-bieba tal-Pulptu.

Kif daħal ħdejn il-kappillan, dan qallu biex jgħinu jaqla' l-palma. L-għeruq tal-palma kienu mqabdin sewwa: jaqtgħu wieħed u jitfaċċaw tnejn oħra taħtu. Kienu ilhom kważi tliet kwarti jissaraw mal-palma, meta daħal Dun Piet li sellmilhom u qal li sar il-ħin biex jagħmel il-prietka tal-Ġimgħa u wara jgħid ir-rużarju. U ħareġ fil-knisja li kienet bdiet timtela. Ħaġa tal-għaġeb ħadd ma induna bil-ħmara!

Dun Piet beda jipprietka.

'Il-prietka tal-lum hija fuq il-ħarba tal-Familja Mqaddsa lejn l-Eġittu...' Hawn beda jiddeskrivi l-ħarba lejn l-Eġittu, li ma kinetx xi mixja qasira. U reġa' qal: 'biex tgħinhom f'din il-ħarba kulma kellhom kienet ħmara żgħira.' Dak il-ħin deherlu li sema' bħal ħanqa żgħira, imma ħaseb li qiegħed jimmaġina, u għalhekk kompla jgħid: 'l-umiltà ġġib l-unur u l-istima. Araw daqsxejn ta' ħmara sempliċi kienet preżenti fil-Grotta ta' Betlehem u għenet lill-Familja Mqaddsa taħrab mill-madmad ta' Erodi. Araw x'unur kien għal dik il-ħmara! Il-ħmara umli ssibha kullimkien...' U kif kien se jkompli reġa' sema' ħanqa.

Minn fejn ġejja? staqsa lilu nnifsu, *donnha... minn ġol-knisja?*

Ma setax jifhem; beda jaħseb jekk dan kienx xi sinjal jew xi ħadd irid jgħaddih biż-żmien?

Il-ħmara ta' Majsi donnha xebgħet tistenna, jew iddejqet għax ma fehmet xejn mill-prietka, u kompliet tonħoq.

Hawnhekk Dun Piet induna li din kienet ħanqa ta' ħmara ta' veru... u jekk ma tridx kienet fil-knisja! Għalhekk bilġri nieżel minn ħdejn l-altar u mar minn fejn sema' li kien ġej il-ħoss, u kif ra l-ħmara fil-knisja bil-ħmieġ li għamlet u ħalliet warajha, tah ħass ħażin u waqa' minn tulu fl-art, mitluf minn sensieh.

Dlonk qamet għagħa sħiħa minn fost in-nies.

Il-kappillan kif sema' l-prietka tieqaf u ħafna storbju mar jara x'ġara u kif ra l-ħmara fil-knisja ħassu jistordi hu wkoll.

'Majs hawn x'għamiltli?' għajjat wara li poġġa bilqiegħda.

Majsi ma kkonfondiex u ma fehemx x'kien għamel, u x'kien ġara minħabba dak li għamel.

'Mhux inti Sur Kappillan għedtli biex nibqa' dieħel b'kollox?'

Il-kappillan qallu li hu kien qiegħed jgħid bħas-soltu għall-beritta imma l-ħmara kellha titħalla barra.

Majsi malajr kien pront wieġbu: 'Imm'int staqsejtni Sur Kappillan?'

Hawn il-kappillan kellu jirrassenja ruħu u kulħadd infaqa' jidħaq.

'Għamilha Majsi llum!' kienet l-għajta tal-ġurnata.

Meta s-sitwazzjoni kkalmat Majsi għabba s-soror fuq il-karrettun u ħareġ 'il barra, qisu ma ġara xejn, fost id-daħq tan-nies fejn anke nstemgħet xi ħanqa 'l hawn u 'l hemm minn xi ħadd li jħobb jimita.

Bqajt ma nistax naqbad art min kellu raġun. Imma l-ħmara malli ħarġet mill-knisja reġgħet bidet tinħaq, donnha biex tipprova tkompli l-prietka hi.

Meta stejqer Dun Piet kompla l-prietka imma qagħad bilqiegħda għax ħassu bla saħħa bil-qatgħa li ħa, u bl-irwejjaħ li ħalliet warajha l-ħmara.

Frar 2010

Il-Mawra tal-Isqof

L-Isqof tad-Djoċesi għamel xi żmien marid u ried imur xi ġranet għal mistrieħ f'Ħal Minsi. Għalhekk il-kappillan tal-post beda jħejji kollox biex l-Isqof ikun jista' jistrieħ u ma jkun jonqsu xejn. Il-kappillan kien joqgħod m'oħtu fid-dar tagħhom, u għalhekk id-dar tal-kurja li kien juża bħala uffiċċju tal-kappillan, kellha ħafna kmamar ma jintużawx. Ħejja dawn il-kmamar biex fihom joqgħod l-Isqof li kien se jkun akkumpanjat minn qassis biex jgħinu. Peress li kien l-Isqof u ma ried jonqsu minn xejn, talab lil Menu s-Sagristan biex hu u l-mara tiegħu jmorru jorqdu hemm ħalli huma wkoll ikunu jistgħu jagħtu daqqa t'id u jieħdu ħsieb id-dar, speċjalment fejn jidħlu l-kmamar tas-sodda u l-friex. Ma setax jonqos li jgħid lil Majsi u Trejżi wkoll, fejn talabhom biex, apparti li jistgħu jorqdu hemm bħall-oħrajn, jieħdu ħsieb it-tisjir u l-mejda. Għalhekk ħejjew sitt kmamar tas-sodda fis-sular ta' fuq

81

għall-mistiedna u s-servjenti biss.

L-Isqof wasal; kien daqsxejn imdaħħal fiż-żmien, imma dħuli sakemm ma jinnervjax xi waħda sew. Minkejja dan malajr kien jgħaddilu, l-aktar jekk xi ħadd joffrilu xi daqsxejn wiski. Għax għal xi qatra wiski kien imut. Kien jgħid li xxarrablu griżmejh. Kien iħobb ukoll ħafna bżar. Imma għalkemm kien fi żmien sewwa moħħu kien għadu f'loku. Kien biss daqsxejn nieqes mis-smigħ. Hu ma kienx jammetti u kien jgħid li jisma' sewwa, u biex juri li jisma' sewwa kien kemm-il darba jirrepeti dak li jkun qiegħed jisma'. Ngħiduha kif inhi, jisma' iva iżda ħafna drabi jkun qiegħed jisma' ħażin. Jakkompanjah kien dejjem ikun hemm qassis ftit anzjan, Dun Dione, imma kienu jgħajtulu Dun Djon (qisek qiegħed tgħid dundjan). Dan kien qassis kwiet, u paċenzjuż ħafna, u jgħin lill-Isqof f'kulma jkollu bżonn.

Sakemm wasal tista' tgħid li kulħadd kien anzjuż. Dan wara kollox kien l-Isqof, ras kbira, u għalihom li jaqduh kienu qed jikkunsidrawh privileġġ kbir.

Trejżi kellha ħafna tferfir fl-istonku tagħha, u l-ħin kollu tirranġa u terġa' tirranġa ħwejjiġha; Majsi bil-pipa mitfija biex ma jimliex kull m'hemm bid-duħħan kien daqsxejn nervuż ukoll, jippassiġġa 'l hawn u 'l hemm. Menu s-Sagristan kien il-ħin kollu jxejjer idu, jew jilgħab bis-swaba', u Tina, il-mara tiegħu, ta' spiss tirranġa xagħarha jew il-purtieri. Il-kappillan jippassiġġa u jdur il-post fejn sa joqgħod l-Isqof u taparsi jirranġa l-affarijiet li kien hemm fuq l-għamara, u li kien irranġahom kemm-il darb'oħra hu stess. Imbagħad, xħin ikun xeba' minn dan, Dun Peppin qagħad bilqiegħda fuq siġġu, suppost jaqra l-Brevjarju, imma ta' spiss kien jagħlqu, u jqum jittawwal mit-tieqa, biex jara wasalx. Insomma tħares lejhom mill-bogħod kont taħsibhom xi ġugarelli mekkaniċi, li tagħtihom il-ħabel u jibqgħu jirrepetu l-istess movimenti.

Il-kappillan introduċih mal-grupp li kellhom jagħtu daqqa t'id. Allura l-Isqof malajr dar fuq Majsi, u staqsieh x'inhi l-aktar ħaġa għal qalbu. Majsi, wara ftit jaħseb, wieġeb il-ħmara. L-Isqof fehem li qallu l-mara, u taptaplu fuq dahru.

'Sewwa, sewwa, xi jġiegħlek tħobbha daqshekk?'

Majsi qallu li qatt ma kienet ta' xkiel f'ħajtu, dejjem kwieta u tobdi, u 'qatt ma tagħmel ta' rasha iebsa kif jagħmlu sħabha.'

L-Isqof staqsieh x'jisimha.

Majsi wieġeb li jisimha Laskra.

L-Isqof ried ikun jaf x'isem hu dan.

Majsi qallu li għax għandha wiċċha tassew ħelu, sħabu qalulu li għandha "Wiċċ Laskri".

Meta staqsa min kien Laskri qalu li kien sultan li kellu wiċċu ma tpinġihx daqs kemm kien ħelu, għax kellu wiċċ il-lumi, imma ma fehemx x'jiġifieri. Allura la Laskri huwa raġel, mara hija Laskra, u hekk semmieha.

'Mela l-isem tagħtihula int x'kull waħda!'

Fl-aħħar l-Isqof staqsieh xi tħobb tiekol l-aktar, u Majsi wieġbu li l-aktar li tħobb hu ħaxix u tiben.

L-Isqof qallu: 'mela n-nies jieklu t-tiben?'

Hawn Majsi staqsa x'nies huma?

L-Isqof qallu: 'mhux fuq il-mara qed nitkellmu?'

Hawn Majsi qallu li kien sema' ħażin u hu kien qiegħed jitkellem fuq il-ħmara; biex ifiehmu sewwa beda jagħmel idu ma' widnejh u jinħaq bħal ħmar.

Biex jaqta' fil-qasir dan l-iżball, dar ikellem lill-mara tas-sagristan, Tina. Staqsieha min kien l-aktar wieħed għażiż għaliha, u din qaltlu li kien ir-raġel tagħha Menu, għax dejjem rat rispett minnu u ma jħobbx jixrob bħal Majsi, u jmur għand tal-inbid, biss biex joqgħod jitkellem ma' sħabu.

Menu ma kienx attent jisma' għax kien qiegħed ikellmu l-kappillan.

Imbagħad l-Isqof dar fuq Menu. Beda biex

staqsieh x'jagħmel. Dan wieġbu li jagħmilha ta' sagristan u jagħmel ukoll xi xogħol tal-injam. Hawn l-Isqof staqsieh barra x-xogħol xi jħobb jagħmel aktar bħala passatemp, u Menu, mingħajr ma qagħad jaħsibha, kien pront wieġbu li jħobb imur għand Karmnu jixrob l-inbid.

Hawnhekk semgħetu l-mara tiegħu, u kienu sa jaqbdu jargumentaw, li ma ndaħalx malajr il-kappillan u għajjat lil Tina biex tmur tfarfar il-gradenza għax kien fiha xi trab. Qabel ma telqet minn ħdejn l-Isqof, Tina qalet lil Menu minn taħt l-ilsien li mbagħad tkellmu waħda sewwa kif tmiss il-liġi.

Marret tfarfar, imma ma kinetx taf x'inhi tagħmel, u kif warrbet vażun antik li kellu l-kappillan - biex tnaddaf kantuniera mgħottija fuq il-gradenza - dan l-imbierek ġie fix-xifer u baqa' nieżel 'l isfel sakemm sar biċċiet żgħar fuq l-art. Il-kappillan inkwieta ħafna u mar jiġbor il-biċċiet biex forsi jirnexxilu jsewwih.

Majsi sadanittant kien qiegħed jitkellem minn taħt l-ilsien ma' Menu.

L-Isqof spiċċa josserva kollox u fl-istess ħin beda jkellem lil Trejżi.

Staqsieha x'jisimha u kemm għandha żmien, li mix-xeħta malajr naqsitlu xi għaxar snin, għax deher jagħfas xufftejh ma' xulxin, ixengel rasu u jitbissem. Wara staqsa x'kien l-aktar ħaġa għażiża għaliha. Din malajr wieġbet li kien il-Marsi. U l-Isqof irrepeta warajha "l-Majsi", u staqsieha għalfejn. Trejżi wieġbet li kienet tħobb tfissdu, u hu kien l-għaxqa tiegħu joqgħod żaqqu 'l fuq biex toqgħod tgħarraxlu żaqqu u anke denbu.

L-Isqof dar fuq Majsi li kien aljenat.

'Int għandek denbek?'

Majsi ma indunax għalxiex kien qiegħed jgħid l-Isqof; ħasibha xi ċajta u għalhekk kompla miegħu billi qallu li kellu denb qasir.

Trejżi kompliet titkellem, għax din meta tibda tredden ma kien iwaqqafha xejn. Qalet l-ieħor, iż-Żebbuġi, ma kienx bħalu, għax l-ieħor kien kwiet u xi ftit supperv , u ma kinitx tlaqqagħhom ma' xulxin, biex ma jiġġildux.

L-Isqof staqsieha kemm-il wieħed kellha, u hi wieġbet li kellha tnejn. Dlonk qalilha li missha taf li mhux sewwa jkollha tnejn, imma wieħed biss.

Hawn Trejżi wriet ruħha mistagħġba u daret fuq Majsi u qaltlu: 'Smajtha din, Majs, mela għada mmorru nkiss inkiss u noqtluh liż-Żebbuġi.'

'Hi x'waħda din! X'qed nisma',' qal l-Isqof.

'Iva,' qalet Trejżi biex turi kemm hi brava, 'noqtluh.'

'X'inhu!?   Ukooooll!'   għajjat   l-Isqof skandalizzat. 'Fiex sa naslu hawn?'

Ir-reazzjoni ta' wiċċu malajr uriet li kien hemm xi nuqqas ta' ftehim fin-nofs.

'Isma' ħuti, aħna fuq xiex suppost qed nitkellmu? Mhux fuq ir-raġel tiegħek?'

Ħares dritt lejn Trejżi li malajr ippruvat tħoll il-kobba mħabbla.

'La l-Marsi u lanqas iż-Żebbuġi mhuma

l-irġiel tiegħi.'

'Ukoll! Issa bi tlieta? X'jien nisma'! X'jien nisma'! Aħjar tagħmel qrara sewwa, binti ħalli tissaffa minn dawn id-dnubiet kollha,' kien pront irrakkomanda l-Isqof ixxukkjat.

Trejżi tħawdet u wiċċha sar aktar aħmar mis-soltu - kien qisu x-xemx nieżla. Imbellha staqsietu x'għandu x'jaqsam il-qrar mal-fniek. Hawn l-Isqof bejn ħa r-ruħ, u bejn ħassu mbarazzat bl-iżball li għamel, u kulħadd qabad jidħaq minn taħt.

Dar fuq Dun Dione u qal: 'Illum għandu jkun mhux nisma' sewwa.'

Dun Dione kompla bil-mod minn warajh: "bdejnieha tajjeb Eċċellenz!'

Semgħux jew le l-Isqof ħadd ma jaf iżda dan tal-aħħar malajr qaleb id-diskors.

'Insomma min se jibda jieħu ħsieb jimlielna żaqqna?'

Trejżi dak il-ħin ħassitha l-aktar persuna importanti tar-raħal.

'Jien,' qalet, waqt li bdiet tidritta ruħha qisha xi suldat.

L-Isqof tbissem.

'Sewwa mela, f'idejk sejjer nafda żaqqi jew ħajti?'

Trejżi ma fehmitx x'ried jgħid b'dak il-kliem.

'Staqsi lill-Kappillan jew lil Majsi għax naħseb li jafu aktar minni.'

L-Isqof qabad jidħaq u talab kikkra te waqt li beda dieħel ġewwa.

Wara t-te telgħu fuq u l-Kappillan uriehom il-kmamar tagħhom.

L-ewwel kamra kienet għal Majsi. Dan u Trejżi baqgħu fil-kuritur quddiem il-bieb ta' din il-kamra. It-tieni kamra kienet għal Dun Dione. Meta l-Kappillan kien dieħel fit-tielet kamra ra li Majsi u Trejżi baqgħu quddiem l-ewwel kamra. Dar fuqhom u qal lil Majsi li jista' jidħol fil-kamra jpoġġi ħwejġu u lil Trejżi qalilha biex tmur ħdejh ħalli jagħtiha l-kamra tagħha. Majsi daħal fil-kamra u qagħad jirranġa ħwejġu. It-tielet kamra kienet għall–Isqof, ir-raba' għal Menu, il-ħames għal Trejżi u s-sitt waħda għal

Tina.

Ftit wara l-Isqof libes il-piġama u qal lil kullħadd biex malli jlestu xogħolhom jistgħu joħorġu ħalli joqgħod jistrieħ għall-kwiet waħdu. Huwa għajjat lil Tina u Trejżi u tahom żewġ qomos, u wara anke żewġ qliezet għall-mogħdija.

Trejżi staqsietu xi jrid għall-ikla ta' filgħaxija. Dan wieġeb li sejjer joqgħod jistrieħ, u għalhekk kellhom itellgħulu l-ikel fil-kamra, jagħmluh fuq il-mejda li kien hemm, u jgħattu kollox b'sarvetta biex ma jiksaħx malajr, u wara setgħu anke joħorġu ħalli jistrieħu ftit. Qal ukoll li hu ma tantx jiekol, għalhekk setgħu jlesthulu kikkra te, kisra ħobż biż-żejt, imħawra u li jħobbha b'ħafna bżar. Kompla jgħid lil Trejżi li magħhom jixtieq żewġ *"Polpette al calzone".* Għall-għada filgħodu ried l-istess, iżda jieħu kafè flok te, u minflok itellgħuh jinżel isfel hu.

Trejżi ħadet nota ta' kollox imma ma fehmitx ħaġa waħda.

'X'ikun dan "*il-poppette*"?'

L-Isqof weġibha li bil-Malti kienu sempliċiment "pulpetti fil-qalziet."

Trejżi kien qisu qed ikellimha l-ħajt għax minn waħda daħlet u mill-oħra ħarġet.

Wara li ħarġet u marret fil-kċina spiċċat tikkonsulta ma' Tina għax vera ma kinitx taf x'kienu dawn il-pulpetti. Tina qagħdet taħseb, u wara ftit qalet.

'Ara sempliċi: irid kollox mgħotti biex ma jiksaħx u mela għalhekk tagħna dak iż-żewġ qliezet. Insajrulu l-pulpetti u nagħmluhom fil-qalziet mitwi. Dawn tal-Belt ma tafx kif inhuma? Dejjem b'xi ħaġa ġdida.'

Tina sajret il-pulpetti u daħħluhom bejn it-tiwjiet tal-qalziet, li kien għadu sħun bil-mogħdija. Trejżi ħawret biċċa ħobż biż-żejt, u meta lestiet, bdiet troxx il-bżar. Il-bżar mitħun kien bżar abjad, u meta troxxu ma jidhirx. Ħadet kollox fil-kamra tal-Isqof li kien qiegħed jaqra, u ħalliet kollox fuq il-mejda.

Meta qam biex jiekol daqs kwarta wara,

l-Isqof ma sabx il-pulpetti. Neħħa l-qalziet minn ħdejn l-ikel u dak il-ħin il-pulpetti waqgħu fl-art. Kif beda jfittex biex jara x'waqa' mill-qalziet, saqajh ġew fuq il-pulpetti, u għaffiġhom it-tnejn. Il-qalziet sabu mtebba' bix-xaħam tal-pulpetti, inkwieta ħafna għax dak kien l-iktar wieħed għal qalbu, u żewġ qliezet biss ġab miegħu.

Sabbat idejh mal-mejda u għajjat lil Tina u Trejżi. Imbagħad ftakar li qalilhom biex joħorġu kollha ħalli joqgħod ftit għal kwiet u induna li għalxejn kien qed jgħajjat.

Allura qabad il-ħobża biż-żejt u meta ra li ma jidhirx bżar fuqha, u nzerta lanqas xammu, qabad il-vażett tal-bżar, li kien daqsxejn kbir, u beda jroxx. Irraġunaha li meta Trejżi għamlet kollox iddeċidiet li tħallilu l-vażett biex imbagħad iroxx kemm irid. Iżda Trejżi m'għalqitx it-tapp sew. Malli beda jroxx il-bżar it-tapp infetaħ, u l-bżar kollu waqa' fuq il-ħobża u ksieha kollha. Dak il-ħin irrealizza li l-bżar kien abjad u abbli ġa kien hemm fuq il-ħobż!

Ipprova jfarfarha u taha gidma. Ma setax jikolha għax kienet taħraq wisq.

Nefaħ waħda, ħares lejn is-sema u beda jxejjer idejh. Kien ġest komuni ħafna għalih li kien jużah minflok jiġbed xi waħda. Għax ngħiduha kif inhi, l-Isqof ukoll uman.

Meta nxteħet jorqod beda jgedwed bejnu u bejn ruħu.

'Għadda l-ewwel jum, bdejnieha sewwa din il-mawra! Għandikun ta' denbu twil deffes denbu kullimkien.'

U kellu jorqod b'żaqqu vojta għajr għal kikkra te.

April 2010

Poeziji

Il-Frugħa taż-Żgħożija

Fis-skiet jien niftakar,
Ta' żmien ftit 'il bogħod,
Mimli bis-saħħa,
U leħen ferm sod.

     Kien żmien hekk sabiħ,
     Imm'anke ta' kruha,
     Mimli bi mħabba,
     Imm'anke ta' frugħa.

Kont noħroġ niltaqa'
Ma' ħafna mill-ħbieb,
Noħorġu nduru,
Mingħajr ebda ħsieb.

     Ngħajtu nitkellnu,
     Niddieħku bla sens
     Fiċ-ċajt u ż-żufjett,
     Konna nsibu l-wens.

L-Istorja tal-Qattus u l-Volpi

Darba waħda kien hemm qattus,
li kien jismu Feliċ.
Dan il-qattus kien ilu erbat ijiem mingħajr
ma jsib xejn x'jiekol,
U għamel dawn l-erbat ijiem
jimxi u jimxi u jimxi, (x3)
Biex forsi jsib xi ħaġa x'jiekol,
Iżda ma sab xejn, lanqas ġurdien imqadded.

Fir-raba' jum iltaqa' mal-ħabib tiegħu s-Sur
Volpi.
U l-qattus qal lill-volpi,
'Ara lil min qiegħed nara, il-ħabib tiegħi
s-Sur Volpi,
Kif inti? X'qed tagħmel hawn?'
U l-volpi wieġeb b'leħen imriegħed,
'Kif jiena? – Żaqq vojta, stonku vojt, żaqqi
ma' dahri, u mejjet bil-ġuħ.
U x'qed nagħmel hawn? Ilni erbat ijiem
nimxi u nimxi u nimxi (x3).
Biex forsi nsib xi ħaġa x'niekol iżda ma sibt

xejn, lanqas ġurdien magħlub.'

'Mela bħali,' qal il-qattus. 'Tridx ngħidlek x'nagħmlu?'

U l-volpi qal, 'għidli, għidli, x'nistgħu nagħmlu? Għidli.'

U l-qattus wieġeb, 'Nimxu flimkien, u jekk insibu xi ħaġa x'nieklu, naqsmuha bejnietna.'

'Idea tajba, idea tajba, mhux idea ħażina, idea tajba, nagħmlu kif qed tgħid int,' qal il-volpi.
U għamlu ġurnata oħra jimxu, u jimxu u jimxu, mingħajr ma sabu xejn x'jieklu, lanqas ġurdien mgħaddam.
Din kienet il-ħames ġurnata tal-mixi tagħhom.

L-għada filgħodu meta qamu, raw li hemm raħal fil-qrib, u qatgħuha li jidħlu f'dan ir-raħal.
U daħlu f'dan ir-raħal, u għamlu ġurnata

oħra jimxu, u jimxu u jimxu, u ma sabu xejn
x'jieklu, lanqas ġurdien mejjet.
Din kienet is-sitt ġurnata tal-mixi tagħhom.
Filgħaxija, waslu f'tarf ir-raħal, u hemm raw
li kien hemm ħanut tal-laħam.
F'dal-ħanut kien hemm il-biċċier, li kien qed
jaqra l-gazzetta.
Fil-bieb kien hemm imdendla zalzetta.
Din iz-zalzetta kienet:
Kbira, kbira, kbira, (x2)
Twila, twila, twila, (x2)
Ħoxna, ħoxna, ħoxna, (x2)
Tonda, tonda, tonda, (x2)
Mimlija, mimlija, mimlija, (x2)
Imħawra, imħawra, imħawra, (x2)
Tfuħ, tfuħ, tfuħ, (x2)
Sabiħa, sabiħa, sabiħa, (x2)
Tajba, tajba, tajba. (x2)

U l-volpi qal lill-qattus, 'ara x'zalzetta hemm, u
Kemm hi kbira, kbira, kbira,
Kemm hi twila, twila, twila,
Kemm hi ħoxna, ħoxna, ħoxna,

Kemm hi tonda, tonda, tonda,
Kemm hi mimlija, mimlija, mimlija,
Kemm hi mħawra, imħawra, imħawra,
Kemm hi tfuħ, tfuħ, tfuħ,
Kemm hi sabiħa, sabiħa, sabiħa,
Kemm hi tajba, tajba, tajba!
Iżda jekk immur jien biex neħodha, il-biċċier
jarani, u jisparali.'

U l-qattus qal, 'Ħalli f'idejja. Jien naf kif
għandi nagħmel biex nieħu z-zalzetta
mingħajr ma jinduna l-biċċier.'
U l-qattus mar f'tarf il-bankina, u hemm
għamel xi siegħa jixxemmex għal għajn
ix-xemx.
Il-volpi qal, 'ara dan il-qattus kemm hu
injorant, kellu jmur iġib iz-zalzetta, u minflok
moħħu biss biex jixxemmex. U tajba din
qiegħed f'tarf il-bankina, biex jaqa' u jweġġa'
rasu, imbagħad ma jkunx jista' jġib
iz-zalzetta.'

Wara xi siegħa għaddiet mara, u l-qattus mar

jitfissed ma' saqajha, 'mjaw, mjaw, mjaw. (x3)'
Wasal f'nofs it-triq u waqaf hemm, u l-mara
baqgħet miexja.
Hemm il-qattus għamel xi siegħa jixxemmex
għad-dawl tax-xemx nieżla.
U l-volpi qal, 'ara dal-qattus kemm hu stupidu,
kellu jmur iġib iz-zalzetta, u minflok moħħu
biss biex jixxemmex. U issa aħjar għax
qiegħed f'nofs it-triq biex ittajru xi karozza u
mbagħad ma jkunx jista' jġibli z-zalzetta, u
nibqa' mingħajrha.'
Wara xi siegħa għadda raġel, u l-qattus mar
jitfissed ma' saqajh, 'mjaw, mjaw, mjaw. (x3)'
Wasal fuq il-bankina l-oħra, erba' passi 'l
bogħod miz-zalzetta, u waqaf hemm, u
r-raġel baqa' miexi.
Hemm il-qattus għamel xi siegħa jixxemmex
għad-dawl tal-qamar tiela', jew aħjar
jitqammar.

U l-volpi qal, 'ara dal-qattus kemm hu iblah,
kellu jmur iġib iz-zalzetta, u minflok moħħu
biss biex jixxemmex u jitqammar. U issa aħjar

għax qiegħed erba' passi 'l bogħod miz-zalzetta u ma jeħodhiex, għandu jkun mhux jara, u mbagħad ma jkunx jista' jġibli z-zalzetta, u nibqa' mingħajrha.'

Wara xi siegħa għaddiet mara xiħa, u l-qattus mar jitfissed ma' saqajha, 'mjaw, mjaw, mjaw. (x3)'

Għamel dawk l-erba' passi u ġie mnieħru jħokk maz-zalzetta u waqaf hemm, u l-mara baqgħet miexja.

Hemm il-qattus għamel xi siegħa jitqammar għad-dawl tal-qamar mimli.

Wara xi siegħa ra li m'hemm ħadd fit-triq, u l-biċċier kien raqad waqt li kien jaqra l-gazzetta.

To Our Special Aunt

May God always help you
In many, many ways
May He be always with you
In all future days

      Birthdays are there
      For happy thoughts
      Of what the year will bring

So here are the warmest
Wishes to you
For the best of everything

Addio bel tempo
bel tempo che fu
Bel tempo che passa e torna mai più
Un dolce ricordo è soave di te
È ciò che rimane in core con me

Looking Out of the Window

Looking out of the window,
I see the garden green and bright,
The trees we planted there together,
With flowers pink and white.

    The flowers fill the air around us,
    With a colourful and perfumed show,
    The bees come to take the nectar,
    And help the fruit to grow.

The fruit is good and nourishing,
It is a healthy food,
Sweet tasting and delicious.
It is a gift from GOD.

    For GOD creates this beauty,
    With flower, fruit and tree,
    HE takes care of all the beings,
    And of all our family.

August 2006

Martin u l-Praspura tal-Milied

Qatt smajtuha l-istorja
Ta' dak it-tifel "kwiet",
Li kellu jagħmel
Il-prietka tal-Milied.

    Dan it-tifel
    Kien jismu Martin,
    L-Arċipriet talbu jagħmel
    Prietka fuq il-Bambin.

Għax hekk ħaseb
Dan l-Arċipriet,
Li Martin kien
Bravu u kwiet.
Miskin
Martin

    Għall-iskola moħħu
    Ma tantx kien itih
    Imm'għal-logħob u l-ħmerijiet,
    Malajr moħħu kien itir bih.

Kien jinqala' għall-praspar
U għaċ-ċajt,
Bħal meta ġo mħadda
Għamel ħafna bajd.

    L-Arċipriet xtaq,
    Li jgħinu dan Martin,
    Biex il-presepju jlesti
    F'qasir ħin.

Iżda dan Martin
Malajr ħaseb fi praspura,
U nagħġa
Għamel fil-maxtura.

    U r-ragħajja
    Flok jirgħu l-merħliet,
    Għamilhom itiru
    Fis-smewwiet.

Fuq l-għoljiet
Is-Slaten Maġi,
Kienu jgħannu
Ferħ u Paċi.

    L-Anġli jimxu
    Fil-mogħdijiet,
    Waqt li jirgħu
    Il-merħliet.

Mal-maxtura qiegħed
Nagħġa u ħmar,
U l-baqra għamel
Tixxabbat fuq il-għar.

    Il-Madonna,
    U San Ġużepp,
    Jisqu l-ħmara
    Bil-ġulepp.

Il-ġulepp
Iqattar sfieq,
Ċaflas kollox,
Anke t-triq.

    U l-Bambin
    X'kien għamel bih?
    Għamlu fuq siġra
    Jitbandal mar-riħ.

Diċembru 2006

Il-Milied ta' Serafin

Darba waħda
Ilu żmien
Kien hemm ħmara
Tiġġerra fil-widien.

    Din il-ħmara
    Kien jisimha Serafin,
    Iltaqgħet ma' baqra li
    Kien jisimha Kerubin.

It-tnejn imxew
Minn taħt l-għoljiet,
Għad-dawl tal-kwiekeb
Tas-smewwiet.

    Wara li mxew
    Għal ftit tal-ħin,
    Iltaqgħu ma' nagħġa
    Li kien jisimha Anġolin.

It-tlieta mxew
Ilkoll flimkien
Matul l-ilma
Tal-widien.

    Għajjew jimxu
    Fuq ħafna żrar,
    U daħlu jistrieħu
    Ġewwa għar.

Dan il-għar,
Kulma kien fih,
Maxtura battala,
U ħafna ħuxlief.

    Kielu ikla minn
    Dal-ħuxlief,
    U raqdu u ħolmu
    Ħolm sabiħ.

Waqt il-ħolm,
Semgħu ħafna għana,
Minn qtajja' anġli,
Ilkoll ferħana.

> Anġlu kellem
> Lil Serafina,
> Biex hija tgħin
> Lil Madonnina.

Anġlu ieħor qal
Lil Kerubin,
Biex hija twennes
Lil Ġużeppin.

> Waqt li ħafna
> Anġli żgħar,
> Daħlu jtiru
> Ġewwa l-għar.

Huma kellmu
Lil Anġolin,
Talbuha ssaħħan
Lill-Bambin.

    Meta qamu
    Mir-raqda sabiħa,
    Semgħu tarbija,
    Twerżaq ferrieħa.

Madwarhom dehru
Dwal qawwija
U fil-maxtura
Ġesù tarbija.

12 ta' Diċembru 2006

L-għasafar li jtiru
Ma' kull żiffa riħ,
Fuq zokk ta' xi siġra,
Hemm jgħannu sabiħ.

    L-għana li jgħannu,
    Ħolliemi u mexxej,
    Bih ġieħ huma jagħtu
    Lill-Ħallieq, il-Mulej.

Itlob lil Alla
Biex toħlom sabiħ,
Hu l-Anġli jibgħatlek,
Biex jagħtuk il-mistrieħ.

    Orqod u oħlom
    Ħolm kollu sabiħ,
    Bl-Anġli ħdejk jiżfnu,
    U jtiru bħar-riħ.

16 ta' Marzu 2007

Ħolm Sabiħ

Orqod u oħlom
Ħolm kollu sabiħ,
Oħlom bil-friefet
Li jtiru mar-riħ.

    Oħlom bis-siġar,
    Bil-ward u biż-żahar,
    Bl-ilma żeffieni
    Li jinżel fil-bjar.

Oħlom bil-ward
Mimlija bl-ilwien,
Oħlom biż-żahar
Li jfewwaħ il-ġnien.

    Oħlom bin-naħal
    Li jduru kull fjur,
    Oħlom bil-għana
    Sabiħ tal-għasfur.

Flowers

Flowers are colour,
Flowers are life,
Flowers are there
To give to my wife.

    They grow in the sunlight,
    Or in the shadow of trees,
    They feed with their nectar
    All butterflies and bees.

They are a small playfield,
Of all butterflies,
They are a real wonder
As seen by my eyes.

    Their colours are beauty,
    To mind and to sight.
    Their sweet scent refreshing,
    All day and all night.

The flowers are fragrant,
A wonder to see.
They give a good feeling,
Of love and serenity.

    May the colourful flowers,
    Bound in one Bouquet,
    Here wish thee a wonderful,
    And a HAPPY BIRTHDAY.

August 2008

Talba lill-Madonna

Meta l-jum jasal fi tmiemu,
Meta jibda joqrob il-lejl,
Meta x-xemx hi tibda nieżla,
U dawl u sħana ma tagħti xejn.

Jiena nħares lejn is-sema,
Ġewwa n-nir bejn il-kewkbiet,
Fi skiet ninġabar u ningħalaq,
Lill-Madonna ngħid xi talbiet.

Bejn il-kwiekeb dawl qawwi nara,
Jiddi, jikber, u jisbieħ,
Bi sħaba bajda tarmi d-dija,
B'dan id-dawl qalbi tistrieħ.

Għax minn ġo s-sħaba tidher mara,
B'tieba, ħlewwa u sbuħija,
Kwiekeb jiddu mdawrin magħha,
U wiċċha ħelu jarmi d-dija.

Il-libsa kaħla u dehbija,
It-tnejn idejha miftuħin,
Sabiex tilqa' lil uliedha,
Li huma, aħna, il-bnedmin.

    Qtajja' Anġli magħha jduru,
    U jgħannu għana tas-smewwiet,
    Hi titkellem b'leħen ħlejju,
    Qalbi b'tama nħoss imtliet.

Għax hi ommna minn tas-sema,
Sabiex tgħinna hija ġiet,
Imma għajnuna aħna nieħdu,
Jekk lejha nressqu t-talbiet.

    Jiena nsellem lil Marija,
    Hi omm tagħna l-bnedmin,
    Lil binha tressaq it-talb tagħna,
    Ġesù Kristu, il-Ħanin.

Ma nixbax inħares lejha,
Kollha ħlewwa, kollha dija,
B'leħen ħelu qisu għasel,
Qalbi b'serħ inħoss mimlija.

3 ta' Frar 2009

Aħ! Li Kieku

Aħ li kieku jien dħalt patri,
Kont ngħix ġewwa kunvent,
U f'dak is-skiet u dik il-ġabra
Kont inkun tassew kuntent.

    Il-Pirjol jaħsibli f'kollox,
    Ma jkun jonqosni xejn,
    Il-kok isajjarli tajjeb,
    Flok platt jagħtini tnejn.

Il-kafè ġol-iskutella
Bil-ħalib u l-qagħaq ħelwin.
Frott li jaqa' taħt is-siġar,
Mimli dud, imm'aktar bnin.

    Għat-talb fil-kor immorru,
    U nkantaw xi innijiet,
    Aħ! Kemm inkanta b'leħen ħelu,
    Isejħuli, waħx il-patrijiet.

Fil-kċina mmur innaqqar,
U niekol minn dak li rrid,
Il-bettija jiena nfittex,
Għal xi erba' tazzi nbid.

    F'nofsinhar fir-refettorju,
    Laħam, għaġin, u riħa tfuħ
    Daqsxejn soppa kemm nitrejqu,
    L-ikel l-ieħor lill-fqar nagħtuh.

Għal xil-erbgħa fil-ġnien ninżel,
Nieħu t-te, tazza mimlija,
Iktar qisu ilma mgħolli,
B'biċċa żgħira ta' lumija.

    Filgħaxija, b'sagrifiċċju,
    Ħafif nieklu, ħaxix nej,
    B'żaqqna vojta mmorru norqdu,
    Biex żgur ma jaqbadna xejn.

Meta nidħol ġewwa ċ-ċella,
U nibda ngħid l-orazzjonijiet,
Noħroġ jien minn taħt iċ-ċoqqa,
Ħobż, tadam u xi żewġ ġbejniet.

     Niekol dawn, li bramt mill-kċina,
     U noffrihom għall-erwieħ,
     Bi nbid tajjeb inniżżilhom
     Bi stonku mimli mmur nistrieħ.

Fra Mudest spiss iwissini,
Sabiex ngħidhom jien fil-qrar,
Imma għalija, b'hekk qdejt dmiri,
Għax tmajt wieħed mill-aktar fqar.
Jien!

Lulju 2010

Il-Mixja

Sebaħ jum sħun u xemxi
U b't-temp tassew sabiħ,
Mingħajr sħab, u anqas xita,
U mingħajr ċpar u bl-ebda riħ.

Għalhekk jiena dlonk qtajtha,
Li mixja twila mmur,
Qalb il-lellux safrani,
U l-ħdura tal-ħafur.

Qbadt nimxi l-mogħdija
Li tagħti għal ġol-wied,
Xi ftit kienet imħarbta,
Imma kollha ħdura u skiet.

Bil-qmis nadifa u bajda,
Qalziet abjad, u qasir,
Sandli abjad ġewwa saqajja,
Ħriġt ferħan qisni sa ntir.

It-triq kienet ftit dejqa,
B'ħitan minn tas-sejjieħ,
Imxejt, minn qalb l-għadajjar,
Qisni papru abjad, sabiħ.

    Kelb deher jinbaħ bir-rabja,
    Fuq il-ħajt fil-ġenb tat-triq,
    Dlonk jiena qsamt bil-qabża
    U dħalt ġewwa l-ħurrieq.

Ħruq kbir ħassejt ġo sieqi,
U t-tingiż kien ħafna u kbir,
U dik il-bjuda ta' saqajja,
Bżaru aħmar rajtha ssir.

    Imxejt kif stajt
    Inzappap bil-mod,
    Qisni xi żring
    Imwerwer, jirtogħod.

Ġejt jien ħdejn ħofra kbira,
Kollha tajn, u bin-nemus,
Hemm żlaqt għal wiċċi 'l isfel,
U xxarrabt qisni fellus.

    Dan l-ilma kien jinten ħafna,
    Bil-ħama u bil-ħmieġ,
    Li ħallew hemmhekk warajhom
    Il-baqar u t-tiġieġ.

Bil-ġirja jiena ħadtha,
Lejn l-ilma ċar għaddej,
Iżda fil-ħama sieqi daħlu
U weħlu sewwa t-tnej'.

    Issaħħab u x-xita niżlet,
    U b'hekk aktar ixxarrabt,
    Ħafna deni wara telagħli,
    Għax riħ qawwi hemmhekk dabbart.

25 ta' Diċembru 2010

Il-Madonna tal-Għar

Fi żmien minn tal-imgħoddi
Issa ilu ħafna snin,
Dumink ħareġ għall-kaċċa,
Ma' sieħbu, it-tnejn Rabtin.

Waħdu mexa ġo mogħdija,
Qalb siġar għoljin, kbar,
Iħares għal xi tajra,
Għadda minn ħdejn għar.

Meta lejn is-sema ħares,
U ra sħab iswed nir,
Malajr basar x'jistenna,
Kien ġej xi maltemp kbir.

Fil-għar daħal 'il ġewwa,
Biex mill-maltemp jistkenn,
U joqgħod hemm jistenna,
Li l-maltemp jintemm.

Kif kien hemm bilqiegħda,
Jistenna ma jgħid xejn,
Ġietu nagħsa ħelwa,
U raqad daqs billejl.

  U ħolom ħolma ħelwa.
  Bl-Anġli jtiru ħfief,
  Itiru madwar mara,
  Waħda mill-aktar sbieħ.

Din kienet il-Madonna,
Bil-kwiekeb magħha mdawrin,
Tbissima ħelwa fuq wiċċha,
F'idejha l-Bambin.

  Fittxu sieħbu sewwa,
  Ma seta' jsibu mkien,
  Waħdu d-dar mar lura,
  U għadda ħafna żmien.

Għadda ż-żmien, u gerbu,
Il-jiem, ġimgħat u xhur,
X'sar minn dan Duminku
Kien fatt li baqa' mistur.

    Iż-żmien qabeż is-sena
    Deher raġel ġej mill-bogħod,
    B'baffi twal ma' wiċċu,
    Miexi bil-mod il-mod.

Kien dan, Duminku tagħna,
Li ġie lura lejn id-dar,
Ir-raħal ħareġ bi ħġaru,
Biex jara minnu x'kien sar.

    Qalilhom li filgħodu,
    Mix-xita stkenn ġo għar,
    Raqad b'ħolma ħelwa;
    Qam, ma jafx x'ħin sar.

Ħolom bil-Madonna,
F'idejHa l-Bambin,
Li grazzji tagħtina ħafna,
Mingħand Ġesù ħanin.

      Huwa qam u ħareġ,
      Beda miexi lejn id-dar,
      Meta wasal qrib ir-raħal,
      Il-ħin kien sewwa sar.

Ħaseb li jum fil-għar hu għadda,
Raqad għalkemm ma jafx,
Qalulu li ż-żmien kien gerbeb,
xhur għaddew ħmistax.

Awwissu 2013

Ikla Bajtar tax-Xewk

Is-sajf kien daħal ġmielu,
Kilt minn ħafna frottiet,
Iżda l-aktar li nħobb niekol,
Tax-xewk dawk il-bajtriet.

    Tal-Bajtar ġie jgħajjat ħdejja,
    'Bla xewk, imqaxxar frisk,
    Ejjew ħudu ftit bajtar,
    Ħelu u tajjeb dan bil-wisq.'

Tħajjart li nduqu jiena,
Nixtri xi tmienja, jew xi tnax,
Iżda fl-aħħar jiena qtajtha,
Li għad-dritt nixtri tmintax.

    Minn taħt jien ħadt tnejn oħra
    U tfajthom ġewwa l-but,
    Għax xotti kienu għadhom,
    Mhux bħall-frawli jew it-tut.

Bil-qoxra kienu għadhom,
Inqaxxarha ppruvajt jien,
Ħakk kbir qabadni ħafna,
U tingiż ma' kullimkien.

      Fi platt jien dawn għamilthom,
      Bl-ilwien jitgħaxqu l-għajnejn,
      Kilt waħda u kilt oħra,
      Fil-platt ma baqa' xejn.

Ftit tal-ħin kien għadda,
Żaqqi bdiet tgerger bil-kbir,
Għax il-bajtar kien għamel tiegħu,
Biex f'żaqqi bħal blat isir.

      Din żaqqi bdiet tintefaħ,
      U qabadni ħafna wġigħ,
      Brim f'żaqqi kelli bil-bosta,
      Ma sibt ebda mistrieħ.

Fl-aħħar l-isptar ħaduni,
Għax kelli bżonn l-għajjut,
Għax bil-bajtar u ż-żerriegħa,
Spiċċajt miġugħ, miżdud.

    Għamlu minn dak li setgħu,
    Biex minn żaqqi jien nistrieħ,
    Il-brim xi ftit kien naqqas,
    Iżda baqa' ħafna uġigħ.

Fl-aħħar huma qatgħuha,
Li jagħtuni xi ftit żejt,
Bħal sapun huma għamluli,
Fl-aħħar nistrieħ jien bdejt.

    L-għada kien għadda kollox,
    Qisu qatt ma ġara xejn,
    Għall-bajtar bdejt nitħajjar,
    U kilt tużżana, tnejn.
    Ajma żaqqi,
    Ajma ħej.

2 ta' Settembru 2014

Il-Mixja tat-Tfulija

Nistħajjel li jiena,
Immur lura fil-ħajja,
Ta' meta kont tfajjel,
Li jiġri mal-plajja.

Nixtieq li jien noħlom,
U mmur lura fiż-żmien,
Fejn nilgħab kont jiena,
F'xi għalqa jew ġnien.

Kont noħroġ niġġerra,
Mingħajr ebda ħsieb,
Basta kont niġri,
Mal-qtajja' tal-ħbieb.

Kont niġri u nilgħab,
Mingħajr xi mistrieħ,
Kont niġri ma' ħbiebi,
Bħal werqa fir-riħ.

Niġru mmorru,
Ħa nfittxu l-vintura,
Fuq blat hekk webbiesi,
Jew fl-għelieqi bil-ħdura.

    Niġru konn'aħna,
    Nilagħbu l-ħarba,
    Sa mal-ħin joqrob,
    Biex ngħinu xi talba.

Il-ħarba nilagħbu,
Ma tispiċċa hi qatt,
Għax nistaħbew konn'aħna,
Mal-kobor tax-xatt.

    In-noli nilagħbu,
    Xi mkien nistaħbew,
    U l-wieħed ifittex,
    Fejn sħabu jkunu ġrew.

Nilagħbu l-passju,
Li naqbżu fuq sieq,
Minn kaxxa għal oħra,
Imħażża fit-triq.

     Konn'anke nilagħbu,
     Il-logħba Onġella
     Fejn tifla tilgħabha,
     Li tkun Damiġella.

Fiż-żmien immur lura,
Għal ħajjet it-tfulija
Ta' meta kont iżgħar,
Ngħix ħajja bla ħtija.

     Il-ħajja kont ngħaddi,
     Ta' meta kont tfal,
     Jien niġri fix-xagħri,
     Sa mal-lejl ikun sar.

Fix-xagħri kont niġri,
U ngħajjat bil-ferħ.
Twaqqafni biss l-għejja,
Li fiha nsib serħ.

      Infittxu mmorru,
      Għall-bajtar ħamrani,
      Inqaxxru u nieklu,
      Anke abjad u safrani.

Immorru biex nieklu,
Taħt ħajt tas-sejjieħ,
Jew taħt xi ħarruba,
Għad-dell u l-mistrieħ.

      Kont noqgħod fil-hemda,
      Ħa nsib il-mistrieħ,
      Waqt li noqgħod nissemma',
      Il-ħsejjes tar-riħ.

Il-ħsejjes fil-hemda,
Tal-weraq fir-riħ,
Ħafna għana ħa jinsġu,
Dak l-għana sabiħ.

Nixtieq immur lura,
Għal żmien it-tfulija,
Biex hemm jien ngħix nerġa',
Tal-ħajja s-sbuħija.

9 ta' Settembru 2014

Il-Bikja tat-Trobbija

Nistħajjel jien nerġa'
Li naħseb ġo fija,
Immur lura fil-ħajja,
Ta' ċkejken tarbija.

    Nifraħ, nitbissem,
    Meta nara wiċċ ommi,
    Iżda bikja oħra jien nibki,
    Biex f'idha hi żżommni.

Kienet ħajja ta' biki,
Li joħroġ minn fommi,
B'hekk jien kont inkellem,
Lil missieri u 'l ommi.

    Nibki bikj'oħra,
    Meta rridha tbenninni,
    Jew meta jien irrid, lilha
    F'idejha tħanninni.

Mhux biki ta' dwejjaq,
Iżda biki flok kliem,
Biex jien nuri r-rieda,
Li norqod fis-sliem.

    Nibki biex nilgħab,
    B'xi ħaġa bl-ilwien,
    Il-biki kien joħroġ,
    Minn fommi flok kliem.

Mhux kull biki li nibki,
Għax jaqbadni uġigħ,
Bikja oħra jien nagħmel,
Meta rrid il-mistrieħ.

    Nibki kont jiena,
    Meta ferħan,
    Għax wieħed fil-biki,
    Isib is-serħan.

Kont nibki jien meta
Inkun ftit miġugħ,
Bikja oħra jien nagħmel,
Għax ikolli l-ġuħ.

      Nixtieq li jien nerġa',
      L-imħabba nsib,
      T'ommi l-imħabba,
      Li twaqqafni mil-krib.

Kont nifraħ jien b'ommi
Meta tgħidli ħanini,
Iżda bikja jien nagħmel,
Biex ommi tisqini.

      Nerġa' jien nibda,
      Il-ħajja mill-ġdid,
      Bla kliem u bil-biki,
      Bid-dmugħ, u bil-krib.

Nixtieq immur lura,
Għaż-żmien tat-trobbija,
Biex hemm insib nerġa',
Ta' mħabba s-sbuħija.
U nerġa' jien niġi,
Bħal ċkejkna tarbija.

10 ta' Settembru 2014

Id-Doni tal-Mulej

Din ħajti mhijiex tiegħi,
Sellifhieli l-Mulej,
Sellifni żmien u saħħa,
Ta' ruħi l-Feddej.

      Sellifni t-tfulija,
      B'ġiri u logħob bla ħsieb,
      Sellifni ż-żgħożija,
      B'ħafna saħħa u ħafna ħbieb.

Sellifni l-irġulija,
Biex nimxi b'serjetà,
U żbalji jiena nnaqqas,
Meta nimxi b'onestà.

      Tani qalb li tħabbat,
      Mimlija kollha mħabba.
      Kuxjenza bajda, nadifa,
      Qal, attent malajr tittabba'.

Tani moħħ li jaħseb,
U jimxi bir-raġuni.
Biex ngħin 'il ta' madwari,
U dawk kollha li jfittxuni.

Sellifni ħajja mżewqa
Bil-ferħ u t-tbatijiet,
Triq bil-ħofor, u bil-ħotob,
Bi nżul u bi tlajjiet.

Tani familja tassew ħelwa,
Bi tliet anġli ħelwin u sbieħ,
Ma fehmux parir fuq żbalji,
Għax kien għadhom moħħ ir-riħ.

Mhux dejjem dawn id-doni
jiena sewwa apprezzajt,
Fl-aħħar bdejt sew jisgħobbini
Meta ninduna li nkun żbaljat.

Fl-aħħar jiena saqsejt lilu,
Ħlas lura, kif u fejn?
Bi ħlewwa dlonk weġibni,
Li tagħhom ma jrid xejn.

      Kulma Hu qiegħed jistenna,
      Fidi u mħabba minn ġo qalbi,
      Li nuri bl-imġiba tiegħi,
      U bi kliem li jkun ġo talbi.

Fl-aħħar qalli waħda isbaħ,
Li jekk nagħti dak li qiegħed jistenna,
Don ħafna ikbar Hu jagħtini,
Li ngawdih dejjem fil-ġenna.

11 ta' Marzu 2017

Sabiħa n-Natura

Sabiħa n-natura,
Bil-ward sabiħ,
Bl-ilwien u fwieħa,
Il-qalb tistrieħ.

    Il-friefet ħelwin,
    Itiru ħfief,
    Bi lwien tal-għaġeb,
    Bħal żiffa riħ.

It-tnejn jgħinu,
Il-moħħ jistrieħ,
U jixtiequ lilek,
Ħafna jiem sbieħ.

Awwissu 2017

Dr Eneas Muscat twieled fil-11 ta' Marzu, 1945 u kien joqgħod Fleur-de-Lys, Birkirkara. Kien jipprattika l-professjoni ta' tabib imma fil-ħin liberu tiegħu kien iħobb jagħmel kollezzjonijiet ta' qxur ta' fossili, minerali, armi antiki, kotba, artikli, bolol, u anke muniti, li kollha kienu jiġu katalogati; jibni mudelli żgħar tal-vapuri, ganutell, jaqra, jattendi rkanti, kif ukoll jikteb u jqabbel strofi biex joħloq stejjer u poeżiji.

Ix-xewqa tiegħu dejjem kienet illi joħroġ ktieb b'din il-kollezzjoni letterarja li biha jnissel tbissima, kif ukoll xi daħqa ħelwa, fuq fomm il-qarrejja li jkunu qegħdin jaqraw il-ktieb.

Kien missier u nannu; permezz ta' neputija minnhom, Christienne Felice, għandkom dan il-ktieb f'idejkom.